Das Schicksal von Iris

Helen Adams

Das Schicksal von Iris

Roman

FSC
www.fsc.org
MIX
Papier aus verantwortungsvollen Quellen
Paper from responsible sources
FSC® C105338

Biographische Information der Deutschen Nationalbibliothek:
Die Deutsche Nationalbibliothek verzeichnet diese Publikation in der Deutschen Nationalbiographie; detaillierte biographische Daten sind im Internet über dnb.dnb.de abrufbar.

Satz, Verlag:
BoD · Books on Demand GmbH, In de Tarpen 42,
22848 Norderstedt
Druck:
Libri Plureos GmbH, Friedensallee 273, 22763 Hamburg

ISBN: 978-3-7693-0799-3

Personenverzeichnis zum Roman:

Iris (ich) , geb.Weber, verheiratet: Schuster
Wolfgang/Wolfi, Jugendfreund von Iris
Vater von Wolfgang
Tante Pia
Hr. und Fr. Weber,Vater und Mutter von Iris
Onkel Richard
Tante Linda
Onkel Eddi
Paula, Schwester von Iris
Robbie, Bruder von Iris
Cousine Britta
Karl Maier, 2. Jugendfreund von Iris
Ehepaar Maier, Eltern von Karl

Krankenhauspersonal: Lehrschwester Adelhild,
Schwester Consuela, Dr. Ludwig,
Schwester Marlene, Pfleger Max,
OP-Chefin Schwester Imelda

Arbeitskolleginnen von Iris: Katie, Bettina,
Nora und Pedi

Fr. Weishaupt, Vermieterin der 1. Wohnung

Familie Schuster:
Senior - Landwirt Pius Schuster, Schwiegervater

von Iris
Austragsbäuerin Berta Schuster, Schwiegermutter von Iris

Geschwister/Kinder der Familie Schuster mit Angehörigen:

1. Erich mit Frau Sigi ,1 Sohn und 1 Tochter
2. Otto
3. Friedrich mit Freundin/Frau Fiona, Tochter Elisabeth und 2 weiteren Söhnen
4. Leo mit Frau Iris, gemeinsame Kinder: Georg, Daniel, Nick, Jens und Sabine
5. Emil und Frau Resi, 3 Söhne
6. Marie und Ernst, 1 Tochter, 1 Sohn
7. Kurt mit Frau Gerda, 2 Töchter

Cousin von Leo: Erwin mit Freundin/Frau Ulrike, Sohn
Arbeiter Xaver, polnische und deutsche Arbeiter
Nachbar Anderl
Tina, Freundin von Iris
Tante Ilse, Schwester von Pius Schuster
Tante „Adda“, alte Frau vom Dorf

Inhaltsverzeichnis:

1. Am Erdbeersee

Es war an jenem Sommertag sehr heiß und ich, Iris Weber, beschloss, an einem romantischen See in der Nähe, dem Erdbeersee, schwimmen zu gehen. „Erdbeersee“ wurde er deshalb so genannt, weil neben dem See ein Erdbeerfeld lag, wo sich so manche zu bedienen wussten, weil sie durch das Loch des Zaunes schlüpften, der das Feld umgab.
Mit meinem weiß gestrichenen Fahrrad machte ich mich von Zuhause auf, nachdem ich meine Badesachen in einer Tasche auf dem Gepäckträger meines Fahrrads verstaut hatte. Das heiße, herrliche Wetter lud geradezu zu einer Radtour ein und ein Gefühl von Freiheit machte sich in mir breit, ich hätte vor Freude die ganze Welt umarmen können, so unbekümmert fühlte ich mich.
Bis zu meinem 18. Geburtstag waren es noch 3 Monate. Dann konnte ich endlich den Führerschein machen und mich als vollwertiges Mitglied der Gesellschaft betrachten und vielleicht ein älteres Auto kaufen. Mein erspartes Geld, das ich mir im Laufe der Jahre zusammen gespart hatte, würde für einen alten Golf als Anfängerauto gerade mal so rcichen, überlegte ich, während ich die Pedale des Fahrrads tüchtig trat und auf Nebenwegen und Feldwegen dem Ziel zusteuerte.
Ich glaubte, nie glücklicher gewesen zu sein, als in diesem Sommer, der mein weiteres Leben

schicksalhaft verändern würde. Ich hatte blondes, langes Haar, braun-grüne Augen, war 1,72 Meter gross und schlank und ganz ansehnlich. Mein Äusseres konnte sich sehen lassen und ich bekam im Sommer auch kleine Sommersprossen rund um meine Nase und mein Teint färbte sich langsam ins Bräunliche.

Als ich nach vierzig Minuten Radeln endlich total verschwitzt am ersehnten See angekommen war, stürzte ich mich sogleich in das angenehm warme Wasser, nachdem ich mich meiner Kleidung entledigt hatte.

Meinen Badeanzug hatte ich schon zuhause angezogen, damit ich schnell umgezogen war und mich gleich in das kühle Nass stürzen konnte. Ich schwamm genießerisch und schnell durch den See und wähnte allerlei Jugendliche, die auf dieselbe Idee gekommen waren und die Gunst der Stunde zum Schwimmen nutzten.

Nach einiger Zeit zogen Wolken auf und weil sich die Hitze gestaut hatte, sahen die immer bedrohlicher wirkenden Wolken am Himmel als ein nahendes Gewitter aus. Der Himmel verdunkelte sich zunehmend und in weiter Ferne hörte man schon den Donner grollen. Ich packte meine Klamotten zusammen, nachdem ich mich in mein extra breites Badekleid umgezogen hatte und wollte gerade auf mein Rad klettern, als ich feststellen musste, dass ich einen Platten im Vorderrad hatte.

„ Oh je !“ stöhnte ich und schob mein Fahrrad ein kurzes Stück weiter. Am Ufer dort saß ein junger Mann, der auch im Aufbruch war. „Hättest Du zufällig eine Luftpumpe für mein Fahrrad? Ich habe leider einen Platten im Vorderreifen!“„Nein, habe ich leider nicht. Tut mir leid. Aber vielleicht kann ich dich mit meinem Motorroller ein Stück mitnehmen, wenn du willst.“„Ja. Das wäre nett von dir. Vielleicht bis zu meiner Oma, die wohnt in der Nähe. Dann kann ich das Fahrrad ja absperren und ein anderes Mal holen lassen.“
Auf dem roten Motorroller auf dem Rücksitz fühlte ich mich wohl, um dem drohenden Gewitter zu entweichen. Außerdem sah der junge Mann wirklich gut aus und war genau mein Typ. Er hatte kurz geschnittenes , dunkles Haar, rehbraune, gutmütige Augen, einen markanten Gesichtsschnitt und trug eine Brille, die sein intellektuelles Wesen zur Geltung brachten.
Auf halber Strecke fragte er mich ein wenig aus, wo ich wohne, wie ich heiße und was mein Vater von Beruf sei. Damals dachte ich mir nichts weiter und beantwortete seine neugierigen Fragen wahrheitsgemäß. Als wir am Ende unserer Fahrt in der Straße von meiner Oma angekommen waren, wusste ich auch seinen Namen. Er hieß Wolfgang, Spitzname Charlie und er fragte mich, ob wir uns wiedersehen könnten. Ich war überglücklich und wir verabredeten uns zwei Tage später wieder zum

Schwimmen, allerdings am Silbersee. Wolfgang hatte versprochen, mich am kommenden Samstag von Zuhause abzuholen.
Inzwischen fielen dicke Regentropfen vom Himmel. Blitze erhellten den zugezogenen, düsteren Himmel immer wieder und entluden sich in Sekundenschnelle. Donnergrollen war jetzt nähergekommen und ich war froh, bei meiner Oma ein Dach über dem Kopf gefunden zu haben. Meine Tante Pia war auch da und versprach mir, mein Fahrrad vom See in ihren Kofferraum zu packen und mich nach Hause zu fahren. Ich war gerettet und überglücklich.
Ich konnte mein Glück nicht fassen, denn ich hatte mich Hals über Kopf in Wolfgang verliebt und er bedeutete für mich von Anfang an sehr, sehr viel. Ich hatte zum ersten Mal in meinem Leben eine Verabredung mit einem attraktiven, jungen Mann , der zudem schon 20 Jahre alt war und sein Abitur schon in der Tasche hatte, wie sich herausstellen sollte. Außerdem war er sehr ehrgeizig und wollte den Beruf als Arzt ergreifen. Ich war ebenfalls an medizinischen Berufen interessiert und konnte ihn gut verstehen. Von Anfang an verband uns eine Vertrautheit und ein Gefühl, den anderen näher kennenlernen zu wollen. Ich wollte ihm gefallen. Wie er empfand, konnte ich nur ahnen, jedenfalls hatte er sich nochmal mit mir treffen wollen und das verhieß Gutes. Ich dachte die ganze Zeit an ihn, wie wir uns kennengelernt hatten und sehnte mich nach

dem Samstag, an dem wir uns wiedersehen würden.

2. Die Ohrfeige

Endlich war der Samstag da und ich hielt Ausschau aus dem Küchenfenster, als ich einen Motor in der Einfahrt wahrnahm. Mein Wahrnehmungsvermögen hatte mich nicht betrogen. Wolfgang stieg aus einem weißen VW aus und lief auf das Haus zu. Ich war schrecklich aufgeregt und gespannt. Als er geklingelt hatte, öffnete ich die Haustüre und er begrüßte mich freudig:"Hallo Iris, na, bist du fertig?"
„Na, klar. Habe meine Badesachen eingepackt. Es kann losgehen." lachte ich zurück, schnappte meine Badetasche und stieg zu ihm ins Auto. Die Gräser am Straßenrand wogen leicht im Sommerwind und mir fiel in Gedanken ein Lied ein.
" Es war der Sommerwind, ganz leise und geschwind, weht die Liebe in dein Herz! Es war der Sommerwind, Blumen blühn` am Straßenrand, mein Herz ist außer Rand und Band."
Wie meine Gedanken, schwappte auch mein Gefühl in kryptische Höhen. Im Auto mit offenen Dachfenster flogen meine langen Haare wild durcheinander. Es war eine tolle Autofahrt, die ich genoss. Beim Silbersee angekommen, suchten wir uns ein lauschiges Plätzchen und breiteten eine Decke aus, auf der wir es uns bequem machten.
„Gehst du noch zur Schule?" wollte Wolfi wissen.
„Ja, ich komme in die 12.Klasse Gymnasium. Ich

möchte mal Kunst studieren. Deshalb möchte ich das Abi machen.“
„Dann wünsche ich dir viel Glück für dein Abitur!“„Ja, danke dir. Übe auch schon fleißig die Untertauchtechnik und die richtige Atmung beim Schwimmen. Möchte nämlich Sport Leistungskurs belegen und da ist es wichtig, sich fit zu halten. Außerdem habe ich vor, in den Sommerferien nach England zu reisen, um mein Englisch zu verbessern. Mein zweites Leistungskursfach ist Englisch.“, antwortete ich.
„Tja, da hast du ja noch viel vor. Ich bin zur Zeit beim roten Kreuz als Zivildienstleistender angestellt und fahre vorwiegend in den Notarztwagen mit. Ich sage dir, daß ich da schon sehr schlimme Dinge gesehen habe und die Unfälle, wo wir im Einsatz waren, waren sehr tragisch. Aber ich möchte meinen Traum, Arzt zu werden, auf jeden Fall verwirklichen, denn ich habe in München schon einen Studienplatz bekommen und fange im Herbst zu studieren an.“ erzählte Wolfgang mir ausführlich.
„Es wird bestimmt nicht leicht für dich werden. Schon allein die Wohnungssuche in München ist eine Herausforderung, da es sehr wenige freie Wohnungen gibt und die Mieten dort recht teuer sind“, schlussfolgerte ich.
„ Ja , das stimmt sicher. Auch das Medizinstudium wird nicht einfach werden, aber irgendwie werde ich es schon hinbekommen. Was hältst du jetzt von

Schwimmen? Hast du Lust?“ fragte er mich.
Wir sprangen von der Decke unseres gemütlichen Platzes auf und liefen zum Seeufer und ich stürzte mich ohne Abkühlen ins Wasser. Wolfgang schüttelte den Kopf und konnte sich ein Lachen nicht verkneifen, schalt mich aber trotzdem, ich solle mich in Zukunft abkühlen, weil er miterlebt hatte, wie ein Soldat in der Nacht nicht abgekühlt ins Wasser gesprungen war und einen Herzstillstand gehabt hatte und er sich nicht wünsche, dass mir das auch passieren würde. Der allzu besorgte Wolfgang kühlte sich also vorschriftsmäßig langsam ab und schwamm mir gemächlich hinterher. So verbrachten wir den ganzen Nachmittag und sogar den Abend mit Reden, Schwimmen, Picknicken und freuten uns aneinander. Die Zeit verging wie im Flug. Es machte unglaublich großen Spaß zu zweit zu sein und wir hatten die Zeit und alles um uns herum ganz vergessen, denn allmählich wurde es schon dunkel, als Wolfgang und ich uns endlich aufmachten und den Rückweg nach Hause ansteuerten.
Da es Sommerzeit war, wurde es erst ziemlich spät dunkel. Es war mindestens schon nach zehn Uhr abends, als wir bei mir zuhause endlich ankamen und wir uns im Auto verabschiedeten.
Meine Eltern warteten schon voller Ungeduld auf mich, denn ich war ja zum ersten Mal mit einem ihnen unbekannten, jungen Mann unterwegs gewesen. Mein Vater hatte einen hochroten Kopf und

steigerte sich in diese Situation noch hinein. Er baute sich förmlich vor mir auf und knallte mir seine Hand auf meine Wange mit den Worten: „ Dass mir das ja nicht wieder vorkommt, dass du so spät heimkommst und wir nicht wissen, was du treibst.“
Ich hatte die Nase gestrichen voll von dieser Belehrung und zog mich in mein Zimmer zurück und ließ meinen Tränen freien Lauf. Aber trotz dieser jämmerlichen Schelte war ich innerlich glückselig. Ich hatte meinen ersten Freund und war mit meinen 17 Jahren einfach nur froh, so ein unsägliches Glück zu verspüren. Ich war total in Wolfgang verliebt und total euphorisch trotz der Ohrfeige, die mir kurzerhand verpasst worden war.

3. Der erste Kuss

Ich hielt es nicht länger aus, zu warten und radelte mit meinem schmucken, alten, weißen Fahrrad zu Wolfgang, weil ich wusste, dass er nachmittags zuhause war und keinen Dienst hatte. Er machte mir an der Haustüre auf und sagte "Hallo!" zu mir. Meine Badesachen hatte ich vorsorglich mitgenommen und wir einigten uns, mit dem Roller nochmal zum Erdbeersee zu düsen. Meine langen, blonden Haare spielten mit dem Wind und wirbelten mir um den Kopf. Wolfgang konzentrierte sich aufs Fahren und sagte während der Fahrt nicht viel.
Als wir am Erdbeersee ankamen, schien die Sonne sehr intensiv, sodass wir froh waren, unter einem Baum ein Schattenplätzchen zu ergattern. Wir schlugen eine Decke für uns zwei auf und zogen T-Shirt und kurze Hose aus. Darunter hatten wir die Badeklamotten an. Zunächst cremten wir uns ein und den Rücken des jeweils anderen streichelten wir besonders behutsam.Die Sonne brannte an jenem Tag so erbarmungslos, daß wir schon bald ins kühle Nass hüpften und uns vorher gegenseitig nass spritzten. Ich konnte mich nicht abhalten, zu sagen, ob es genug Abkühlung war und wir spritzten und lachten und waren froher Dinge. Nichts lag zwischen uns.
Wir verbrachten den ganzen Nachmittag am See und gegen Abend nahm mich Wolfgang wieder zu sich nach Hause mit. Er fragte mich, ob ich sein Zimmer

sehen wollte. Als ich bejahte, führte er mich nach oben in den ersten Stock des Wohnhauses. Ich sah mich interessiert um und entdeckte eine blecherne Dose, die Wolfgang aber schnell mit seinem Fuß unter sein Nachtkästchen schob und mir zu verstehen gab, daß dessen Inhalt geheimnisvoll sei und nicht für jedermann einsehbar. Ich zügelte meine Neugier und da im Zimmer kein Stuhl vorhanden war, setzte ich mich auf sein gemachtes Bett. Er ging zum Fenster und zog den Rollladen herunter und verdunkelte das Zimmer. Danach setzte er sich neben mich, legte seinen Arm um mich und zog mich auf das Laken quer über sein Bett. Ich war aus dem Häuschen, völlig aufgeregt. Mein Herz schlug ziemlich heftig und ich glaubte, dass es jeder hören würde. Ich lag völlig überrumpelt auf seinem Bett und er küsste mich stürmisch auf den Mund. Damit hatte ich nicht gerechnet. Was würde als Nächstes passieren?
Ich bekam es mit der Angst zu tun und malte mir aus, wie es wäre, wenn ich mit ihm schlafen würde. Ich verhütete ja nicht. Es war das erste Mal, dass ich in einer so ungewöhnlichen Situation war, wo es so knisterte, daß es bald zu hören war. Ich fand ihn ungemein anziehend und sexy, aber das Risiko jetzt mit ihm zu schlafen und vielleicht schwanger zu werden, war zu groß. Mit einem Ruck schnellte ich vom Bett auf und verließ fluchtartig das Zimmer. Kurz darauf sagte ich „Tschüss, ich muss heimgehen!“ und verließ sein Haus. Ich hatte

plötzlich links und rechts im Unterbauch so ein Ziehen, wie wenn es ein doppelter Eisprung wäre, so folgerte ich. Meine Emotionen und mein Bauchgefühl wegen diesem ersten Kuss brachte mich völlig aus dem Konzept. Ich war völlig durcheinander und radelte wie eine Irre nach Hause. Meine Gefühle spielten Achterbahn und ich flog wie der Wind mit meinem Rad und träumte mit offenen Augen von meiner ersten großen Liebe, von Wolfgang.
Ein paar Tage später rief Wolfi bei mir zuhause an. Ich stürmte zum Telefon, als meine Mutter mich rief, denn sie hatte das Telefonat angenommen. Verwundert gab sie mir mit einem Schmunzeln den Hörer und ich nahm ihn freudig entgegen. „Wie geht`s Dir? Was machst du heute noch? , fragte ich ihn. „Hör zu, Iris, was hältst du davon, wenn ich dich mit dem Auto abhole und wir zum Silbersee zum Schwimmen fahren?“ wollte Wolfgang wissen. “ Gute Idee! Wann willst du kommen?“ „Bis wann wär`s dir recht? 14.00 Uhr vielleicht? so schloss Wolfgang. „ Ok. Einverstanden. Also bis um zwei, dann. Ich freue mich sehr!“, antwortete ich.
Pünktlich um 14 Uhr fuhr das weißes Auto von Wolfgang an unserer Straße vor und ich eilte an die Haustür, als es klingelte. „Hallo, freut mich, dass es geklappt hat. Fahren wir gleich?“ beeilte ich mich, um neugierige Beobachter möglichst wenig von unserer Verabredung teilhaben zu lassen. Dabei dachte ich in erster Linie an meine Eltern, die mit

Argusaugen unsere Treffen registrierten. Vor allem für meinen Vater war die Situation eine völlig neue, da ich die älteste Tochter war und sozusagen eine Vorreiterrolle innehatte, was Verabredungen mit dem männlichen Geschlecht anbelangte.
Das Wetter war an diesem Tag ein Traum: sonnig, wolkenlos, ein leichter Sommerwind wehte um die Nase und in Gedanken kam mir wieder das Lied „Sommerwind" in den Kopf, als ich neben Wolfi auf dem Beifahrersitz im VW saß. Von der Seite blickte ich ihn freundlich an und was ich sah, erfreute mein Herz. Er lenkte das Fahrzeug behutsam in den Kurven und sein leicht gebräuntes Gesicht lächelte vor sich hin. Was mochte er wohl in diesem Augenblick denken?
„Wie lange darfst du wegbleiben?" wollte er wissen.
„Solange ich will, nur muss ich aufpassen, dass ich mir am Ende keine Ohrfeige einhandle", bemerkte ich.
„Warum denn das?" fragte er und ich erzählte von meiner Bestrafung, der Ohrfeige, die mir mein Vater an jenem Abend verpasst hatte. Wolfi hörte gespannt zu und meinte, dass das eigentlich völlig überzogen sei und er darauf achten werde, dass so was nicht mehr vorkommt. „Was hältst du davon, wenn ich dich auf ein paar Feldwegen mit meinem Auto fahren üben lasse?" schlug Wolfi vor. Ganz begeistert von seinem Vorschlag setzte ich diesen gleich in die Tat um. Kurz vor dem Silbersee wechselten wir Fahrer-

und Beifahrerseite und ich gab auf dem Feldweg Gas und steuerte das fast neue Auto in mäßigem Tempo auf den Silbersee zu. Wolfgang ließ mich gewähren und erklärte mir die Gangschaltung und die Bremse. So trudelten wir in aller Seelenruhe auf den See zu und am Schluss kam der Wagen durch abruptes Bremsen zum Stehen und starb ab. Wir waren am Silbersee angelangt und ich hatte meinen inständigen Traum verwirklichen können, auch mal Fahren zu üben. Ich war Wolfgang überaus dankbar für sein Vertrauen in mich, obwohl sich herausstellte, dass der Wagen nicht ihm, sondern seinem Bruder gehörte, der ihn zur Zeit nicht brauchte.
Der Wind wehte leicht durch meine langen, blonden, glatten Haare und das Licht reflektierte meine braungrünen Augen und hob sie von meinem leicht gebräunten Teint der Gesichtshaut ab. Wolfgangs braunes Haar glänzte in der Sonne und als er am See seine Brille, die er zum Fahren brauchte, abnahm, konnte man seine rehbraunen Augen besser beobachten, die mich lebhaft mit einem Lächeln in den Augenwinkeln anstrahlten.
Wir sonnten uns zuerst auf der mitgebrachten Decke, unterhielten uns über unsere Schulzeit, über Freunde, über Gedanken, die uns bewegten, über unsere weiteren privaten und beruflichen Pläne und schwammen von Zeit zu Zeit auch gerne zur Abkühlung. So verging der Nachmittag wie im Flug und um nicht wieder eine herbe Abreibung zu

bekommen, setzte mich Wolfgang auch kurz vor 18 Uhr wieder zuhause ab und verabschiedete sich mit einem Kuss. Ich war sehr, sehr glücklich als könnte ich die ganze Welt umarmen. Niemals hätte ich gedacht, dass Schicksal für mich noch so viel anderes bestimmen würde.

4. Im Garten

Im Juni nahm ich von meinem Geld, das ich durch Nachhilfestunden für meine Cousins schwer erarbeitetet hatte, Reitstunden. Ich radelte zum Reiterhof in die fünf Kilometer nahegelegene Stadt und setzte meinen ganzen Charme ein, um einen lahmen Gaul, der mir zugeteilt worden war, zum Laufen zu bringen. Jedes Mal, wenn ich den Druck meiner Füße auf den Bauch der Stute erhöhte, lief sie wieder ein oder zwei Schritte, um dann wieder stehen zu bleiben. Da war es doch ein anderes Gefühl bei meiner Freundin Inge an die Leine geführt zu werden. Denn Ihre Stute war feuriger und machte nicht Anstalten, ständig stehen zu bleiben, sondern lief wie es der Reiter wollte oder derjenige, der es an der Leine führte. Einmal stieg es vor Schrecken sogar in die Höhe und machte dann einen Satz nach vorne. Ich parierte und konnte mich mit den Beinen am Pferderumpf festklammern, so daß ich nicht abrutschte oder gar vom Pferd fiel. Inge lobte meine Reaktion auf das Verhalten ihres Pferdes und ich war stolz, mich so gut im Sattel gehalten zu haben.
Mein zweites praktiziertes Hobby war Tischtennis. Mein Vater, der sonst nicht gern Auto fuhr, begleitete mich fast jedes zweite Wochenende zu den Tischtennisturnieren, die meistens nicht in unmittelbarer Nähe zu unserem Wohnort stattfanden, sondern regional oder sogar überregional in ganz

Bayern stattfanden. Unser allgemeiner Gesprächsstoff am Abend nach einem Turnier oder Spiel war vom Thema über meine Gegner im Tischtennis geprägt, über Techniken und Taktiken, sowie Spielergebnisse. Mein Bruder mochte diese Gespräche nicht allzu sehr, denn er hasste das Tischtennisspiel, weil er es nicht so gut konnte wie ich oder meine Schwester. Uns war damals in unserem Nachbardorf die Möglichkeit eröffnet worden in einer dort ansässigen Fabrikhalle Tischtennis spielen zu dürfen, so daß wir die Gelegenheit nutzten und selbst an klirrend kalten Wintertagen mit Handschuhen spielten. So übten wir fleißig und wurden mit der Zeit immer besser und nahmen daher an den Platzierungen auf den Turnieren immer bessere Plätze ein.
Einmal konnte ich sogar schwäbische Meisterin werden, worauf ich auch sehr stolz war. Wir mußten Sommer wie Winter mit dem Fahrrad in den Nachbarort zum Training radeln. Uns wurde in dieser Hinsicht nichts geschenkt. Wir wurden nicht durch nachsichtige Eltern belohnt, die uns dorthin gefahren hätten, ganz im Gegenteil: Bei Regen und Schnee, bei Glatteis und Dunkelheit mußten meineSchwester und ich dorthin radeln, um am Tischtennis-Training teilnehmen zu können. Es war manchmal ganz schön hart, was von uns verlangt wurde.
Wolfgang erzählte ich auch von meinen Hobbys, als er mich wieder einmal besuchen kam und wir hielten uns längere Zeit im Garten auf. Unser Garten war mit

einer Hecke von Weiher getrennt, in dem sich auch Frösche tummelten. In der Hecke wuchsen auch Brennesseln. Ich pflückte eine davon vorsichtig und berührte absichtlich die Hand von Wolfgang. Ich wollte, dass er sich an der Brennnessel verbrannte, so wie ich an seiner Liebe verbrannte und mein Herz lichterloh in Flammen stand.
Er schrie natürlich kurz „Autsch!“ und lachte dabei. Wir sprachen im Garten auch über seine Arbeit beim Roten Kreuz und bald darauf verabschiedete er sich wieder, versprach mir aber, sich bald wieder zu melden. Er wollte mir beim nächsten Mal die Klinik seines Vaters zeigen, der von Beruf Arzt war.
Ich versprach, beim nächsten Treffen zu ihm nach Hause zu kommen, damit er mir alles zeigen könne. Er legte zum Abschied seinen Daumen auf meine Wange und streichelte mich zärtlich, bevor er mich auf dem Mund küsste, in sein Auto stieg und Richtung Heimat davonfuhr.
Ich hatte schon beim Abschied wieder dieses innige Gefühl, dieses Begehren, ihn in meiner Nähe zu wissen, mit ihm zu reden und hatte auch intimere Gedanken im Kopf, aber nicht deren Umsetzung. Da würde ich noch genügend Zeit haben, ich war ja erst 17.
Ich bekam meine Periode ein paar Tage danach und vermutete wegen dem Ziehen auf beiden Seiten im Unterbauch damals nach dem ersten Kuss, daß ich einen doppelten Eisprung hatte und falls wir damals

miteinander geschlafen hätten, daß wir bestimmt Zwillinge bekommen hätten. So viel Gefühl hegte ich für die Empfindungen und sensiblen Schwingungen unserer jungen Liebe.

5. Zukunftspläne

Bald darauf telefonierten wir und er lud mich zu sich nach Hause ein. Außerdem war das günstig, bevor seine Eltern aus dem Urlaub kamen. So hatten wir sturmfreie Bude und konnten tun und lassen, was wir wollten ohne von jemanden beobachtet oder belästigt zu werden. Das erleichterte unser Kennenlernen ungemein.

Also radelte ich zu Wolfgang nach Hause und wir machten zunächst einen kleinen Spaziergang durch die Anlagen der Klinik, die in nächster Nähe zu seinem Zuhause zwischen den Gebäuden der umfangreichen, baulichen Objekte des Krankenhauses waren. Da der Vater von Wolfgang als leitender Direktor der Klinik den Bürgermeister der Kreisstadt sehr gut kannte, wußte auch Wolfgang über bauliche Veränderungen der nahegelegenen Staatsstraße, die an das Klinikum grenzte, gut Bescheid und erzählte mir in aller Ausführlichkeit von zukünftigen baulichen Veränderungen der Straßenführung, einer geplanten Brücke und von künftigen Veränderungen innerhalb der Klinik.

Es war ein wunderbarer, sonniger Sommertag, der das Herz schneller schlagen ließ, wenn sich in den rehbraunen Augen von Wolfgang das Licht der Sonne reflektierte und er mich mit seinem Charme und seiner positiven, aber sehr ernsten Art immer wieder faszinierte. Ich hatte hunderttausend Schmetterlinge

im Bauch und war beeindruckt, was Wolfgang alles wußte und konnte. Die Anlagen der Klinik waren malerisch mit Blumenbeeten umsäumt und der Weg führte uns auch an den Musiksaal der Klinik vorbei. Im Musiksaal, der zufällig geöffnet war, standen verschiedene Instrumente. So war da ein riesengroßer Flügel und ein paar angeschlossene Elektrogitarren vorhanden. Wolfgang setzte sich an das Klavier und spielte mir aus seinem reichhaltigen Schatz an Musikkompositionen etwas vor. Da ich keines der Instrumente beherrschte, wollte ich dennoch mal die Elektrogitarre ausprobieren . Da das ziemlich schräg klang, was die Gitarre von sich gab, war Wolfgang etwas verstimmt und hörte mit seinem Klavierspiel sofort auf. Ich stellte fest, dass er immer alles gleich so ernst nahm und ich in meiner euphorischen Stimmung wollte ihn ein wenig auf die Probe stellen und seine Reaktionen auf mich testen. Wie sollte ich ihn sonst kennenlernen? Er nahm mir die Gitarre aus der Hand und legte sie wieder auf den Boden und bevor uns jemand erwischen konnte, verließen wir den Musiksaal wieder.
Wir schlenderten danach in den Park gegenüber, der von hohen Eichen, Buchen und Erlen gesäumt war und am Ende des Parks blieben wir stehen, weil das Gespräch über unsere Zukunft und deren Planung konkrete Züge angenommen hatte.
Der Sommerwind streichelte die Blätter der großen Eichen, als wir uns darunter eine Aussprache über

künftige Lebenspläne hatten.
Ich sagte: “Ich wünsche mir einen Beruf, der mit Malen und Zeichnen zu tun hat und vier Kinder. Was wünscht du dir?“ Er antwortete:“ Ich möchte unbedingt Arzt werden und ich werde mein Studium sehr ernst nehmen. Ich finde es schön, dass du an Kinder denkst.“„Ja, Ich mag Kinder sehr, aber es muss ja nicht gleich sein. Zuerst muss ich die Schule abschließen, dann sehen wir weiter.“ „Ja, das ist vernünftig. Da musst du auf dein Abitur lernen und das Beste daraus machen.“ „Wann fängt dein Studium an?“ fragte ich. “Im September muss ich nach München und mir dort ein Zimmer nehmen. Das wird schwierig, weil dort Wohnungsmangel herrscht, aber mein Bruder hat Bekannte dort, vielleicht bekomme ich dann eine vernünftige Wohnung oder kann bei den Bekannten zunächst wohnen. Das muss man alles abwarten. Jedenfalls bin ich bis Anfang August noch als Zivildienstleistender beim Roten Kreuz verpflichtet und danach muss ich mich auf mein Studium vorbereiten.“ „ Im August habe ich Geburtstag. Da möchte ich dich einladen!“ freute ich mich. „ Wie viele Leute werden da kommen?“ wollte Wolfgang wissen. „Ich weiß es nicht genau. Ich habe meine Klassenkameraden eingeladen.“, entgegnete ich. „Ich gebe dir noch vorher Bescheid!“ ,wich Wolfgang meinem freundlichen Angebot aus.
Da es schon ganz schön spät geworden war, gingen wir zu seinem Elternhaus zurück und ich

verabschiedete mich von ihm mit einem Kuss und fuhr mit meinem weiß gestrichenen Fahrrad wieder Richtung Heimat in Gedanken an unseren Spaziergang und ich hatte so ein Ziehen dabei im Bauch, lauter Schmetterlinge, dachte ich und ich war so selig, Wolfgang gefunden zu haben, der meinen Idealvorstellungen eines jungen ernsthaft zu nehmenden, angehenden Arztes verkörperte.

6. Die Diagnose

Es war schon Ende Juli, ein heißer Tag. Ich hatte Lust, Schwimmen zu gehen und rief Wolfi an, ob er Zeit und Lust habe zum Schwimmen zu gehen. Er sagte mir, dass er erst um 16.00 Uhr seinen Dienst beim Roten Kreuz beenden könne. Ich könnte ja schon mal vorausfahren an den Erdbeersee vorausfahren und er würde mir dann nachfolgen, sobald er frei hätte. Also fuhr ich mit dem Fahrrad um ca. 14.00 Uhr los, weil gegen Ende des Schuljahres hatten wir - Gott sei Dank- keine Hausaufgaben mehr. Ich wollte sowieso diese Untertauchtechnik im Schwimmen üben, bei der man lange Gleitzüge beim Brustschwimmen unternimmt und auch die geeignete Atemtechnik koordinieren muss. Die Sonne schien so heiß, dass ich ganz verschwitzt vom Radfahren mein Vehikel zur Seite stellte und meine Badesachen auspackte. Ich verzichtete, auf die Decke zu liegen, die ich unter einem größeren Baum ausgebreitet hatte, weil ich von der Sonne immer erst rot wurde und empfindlich wie ich war, auch meistens einen Sonnenbrand bekam, bevor die angenehme leichte Bräune meiner Haut einsetzte. Ich sprang aus lauter Begeisterung ins Wasser und versuchte mich in der Gleittechnik, setzte auch die richtige Atmung ein und versuchte schneller zu werden. Natürlich wollte ich in der nächsten Klasse im Sport Leistungskurs gute Noten

bekommen, darum strengte ich mich beim Schwimmen an. Nachdem ich eine Runde durch den See geschwommen war, hatte einen anderen Badeanzug angezogen und sonnte mich gerade auf meiner kuscheligen Decke, als Wolfgang auf seinem Roller herangefahren kam. Er begrüßte mich mit: „Hallo, wie geht`s dir? Lange nicht gesehen!", parkte sein Moped und kam auf mich zu. „ Hallo Wolfi, hab schon eine Runde Brustschwimmen hinter mir. Wollen wir nochmal ins Wasser gehen?" „ Ja, klar, wir schwimmen noch eine Runde. Freu mich schon drauf, weil es gar so heiß ist." „Ok, einverstanden, also los, komm schon." Drängte ich ihn ins Wasser und sprang auch sogleich ohne Abkühlung hinein. Wolfgang schaute ganz ernst und schimpfte:" Ohne Abkühlung soll man nicht ins Wasser gehen. Da sind schon sehr schlimme Dinge passiert. Eines Nachts sind drei Soldaten etwas angetrunken in einen See gesprungen und einer von ihnen hatte aufgrund des Kälteschocks einen Herzstillstand, vermutet man. Also nächstes Mal abkühlen!" „ Ja, ist ja gut!" gab ich zurück, dachte aber bei mir das das schon ein bisschen arg übertrieben war.
Wolfgang kühlte sich in aller Ausführlichkeit ab und wir schwammen durch den Erdbeersee und wieder zurück zum Ufer, zogen unsere nassen Sachen aus und neue Badekleidung an und sonnten uns noch ein wenig. Wir unterhielten uns über alles Mögliche und so vergaßen wir die Zeit. Es war schon nach 18 Uhr

als wir aufbrachen.Ich hielt mich mit meinem Fahrrad an Wolfgangs Arm fest und ließ mich von seinem Roller mitziehen. So gelangten wir das kurze Stück über Feldwege und Nebenstraßen zu Wolfgangs Zuhause. Dort er fragte, ob ich durstig sei. Als ich bejahte, holte er mir ein erfrischendes Getränk auf die Terrasse und Wolfgang eröffnete mir, dass ich sehr hübsch sei, aber er hatte mich auch genau genug beobachtet, dass er festgestellt hatte, dass mein linker Fuß nicht symmetrisch zum Rechten verlief. Er ließ mich ein paar Schritte nach vorne laufen und stellte wiederum fest, dass ich mit dem linken Fuß etwas nach innen lief und so mit der Sandale meinen rechten Fuß berührte. Daher hatte ich wahrscheinlich ab und zu eine kleine Schramme am rechten Fuß, weil die Sandale dort unbewusst anstieß. Also hatte er doch eine ziemlich genaue Beobachtungsgabe, die er als künftiger Arzt als Voraussetzung zu Diagnosen brauchte.

Da wir noch ein wenig hungrig waren, folgte ich Wolfgang in die Küche seiner Wohnung. Als er in den Kühlschrank schaute, ging urplötzlich die Zimmertüre auf und seine Eltern standen in der Tür! Was für eine Überraschung! Ich war ganz schön perplex und verdattert und brachte nach einer Schweigeminute nur ein unpersönliches „Grüß Gott!“ heraus. Der Vater von Wolfgang funkelte böse mit seinen Augen und wollte von Wolfgang Rechenschaft. Ich verabschiedete mich in aller Eile, weil ich nicht

Gegenstand von Diskussionen werden wollte und radelte heim. Niemals in meinem Leben hätte ich gedacht, dass die Begegnung mit Wolfgangs Vater eine entscheidende Wendung in meinem Leben bringen würde. Kurz vor meinem 18.Geburtstag bekam ich dann einen Brief von Wolfgang.

Er schrieb mir Folgendes:

„Liebe Iris, wie du ja mitbekommen hast sind meine Eltern nun vom Urlaub wieder zurückgekommen und waren sehr überrascht, dich zu sehen. Ich mußte ihnen erklären, dass wir uns schon öfter getroffen haben und daß du erst 17 bist, konnte ich auch nicht geheim halten. Mein Vater war ungehalten, denn er hat mir den Umgang mit dir zwar nicht ausdrücklich verboten, nur gewarnt, ich solle mich auf mein Studium konzentrieren. Du hast ja bald Geburtstag und weißt selbst nicht, wie viele Leute zu dir an diesem Tag kommen. Daher werde ich nicht zu deinem Geburtstag kommen. Vielleicht können wir uns ein anderes Mal treffen.

Viele Grüße von Wolfgang“

So traurig endete der Brief und ich war sehr enttäuscht, dass Wolfgang nicht zu meinem Geburtstag erscheinen wollte. Ich wußte also, daß ich Wolfgang liebte, wie ich noch nie einen Menschen geliebt hatte, doch ich wußte nicht, daß sein Vater meine Eltern angerufen hatte, um ihnen mitzuteilen, dass ich eine euphorische Hochphase hätte und dringend untersucht werden müsse, um eine genaue

Diagnosestellung über meine Krankheit machen zu können. Da Wolfgang nichts von sich hören ließ, zog mich sein Heimatort magisch an, weil ich ihm nahe sein wollte und weil ich hoffte, ihm zu begegnen. Also setzte ich mich auf mein Fahrrad und fuhr in die Nähe seines Elternhauses und streunte im Park dort spazieren. Ich sah die ganze Welt durch eine rosarote Brille und hätte alles für eine Zusammenkunft mit Wolfgang getan. Als ich abends wieder nach Hause kam, wollten meine Eltern wissen, wo ich gewesen war.

Ich sagte, ich sei nur ein bisschen in der Gegend herum geradelt. Von meiner Sehnsucht zu Wolfgang erzählte ich nichts. Durch den Anruf des Professors der Psychiatrie , des Vaters von Wolfgang aufgeschreckt, wurde ich in die psychiatrische Klinik für Untersuchungen aufgenommen, um – wie das Personal behauptete - ein paar Tests durchzuführen. Ich war also in der Klinik und freute mich, Wolfgang in der Nähe zu wissen. Was ich nicht bedacht hatte, daß ich ihn dadurch nur abgeschreckt hatte, sich nochmal mit mir zu treffen wie sich später im Laufe der Zeit herausstellen sollte.

Ich ließ also die Untersuchungen, die nach und nach an mir gemacht wurden, an mir vorbeiziehen. Einmal musste ich verschiedene Dinge weiter zeichnen, ein anderes Mal wurden Gummistöpsel an meinem Kopf angebracht und die Leitfähigkeit gemessen. Es folgten eine Computertomographie und Gespräche.

Am dritten Tag am Vormittag kam ein Beamter vom Amtsgericht und wollte meine Entmündigung vorantreiben. Meine genaue Diagnose wußte ich nicht. Ich vermutete nur, dass die Ärzte eine Psychose diagnostiziert hatten. Ich war völlig überfordert und konnte mich auch nicht wehren. Wie sollte ich aus diesem Schlamassel herauskommen. Ich hoffte natürlich, dass Wolfgang mich mal besuchen würde.

Aber ich hoffte vergeblich. Am Nachmittag desselben Tags kamen mein Onkel Richard und meine Tante Linda dann zu mir in die Klinik, weil sie von meinen Eltern gehört hatten, dass ich eingewiesen worden war. Sie hatten sich sorgen um mich gemacht und ich unterhielt mich mit ihnen und war völlig verzweifelt, wie ich aus dieser Situation wieder herauskommen würde. Ich erzähle auch von der Amtsperson, die mich gleich entmündigen wollte und sie erschraken sehr. „Gott sei Dank ist das nicht geschehen, sonst wärst du für immer unmündig.“ Ich hatte Glück gehabt, dass ich erst 17 war, denn da durfte ich noch nicht selbst unterschreiben, sonst wäre das Prozedere der Entmündigung auch schon gelaufen. Meine Verwandten holten mich noch am selben Tag aus der Klinik und da beide noch bei meiner Oma lebten, durfte ich zu meinen Großeltern und mich dort ein paar Tage von dem Schock des Klinikaufenthaltes erholen. Dort wurde ich freundlich aufgenommen. Meine Eltern waren mit der Situation

völlig überfordert und ließen mich vorläufig bei meinen Großeltern wohnen. Ich wollte mich ja irgendwie beschäftigen und so malte ich meine ersten Bilder mit Wasserfarben und versuchte auch Drucke zu gestalten. Mein Opa lobte mich sehr, weil ihm meine Arbeiten gefielen und bestärkte mich, in dieser Richtung weiterzumachen. Es tat mir gut, wieder eine Aufgabe zu haben und lenkte mich von meinen Liebesproblemen ab.
Mittlerweile waren Sommerferien und mein zuckerkranker, blinder Onkel Eddi, der auch bei Oma wohnte, benötigte meine Hilfe. Ich sollte ihn bei seinen Spaziergängen begleiten und seine Hündin, die Anka, durfte bei unseren Streifzügen nicht fehlen. Jeden Tag begleitete uns Anka und Onkel Eddi führte sie an der Leine, während ich Onkel Eddi unter hakte, um ihm die nötige Sicherheit und Geleit beim Gehen zu vermitteln. Ich erzählte ihm von Wolfgang und das Wenige, was ich Onkel Eddi reichte aus, mir einen wohl gemeinten Ratschlag zu geben: "Du magst den Wolfgang sehr. Er ist eine gute Partie, doch wenn du ihn jetzt gehen lässt, wirst du es später garantiert bereuen." Wie recht Onkel Eddi doch damals mit seiner Behauptung schon hatte, sollte sich bald herausstellen. Dennoch versuchte ich mich Wolfgangs Freundschaft zu versichern und schrieb ihm einen Brief mit folgendem Inhalt:
„Lieber Wolfgang,
wie geht es dir? Ich bin zur Zeit bei meinen

Großeltern in Ferien und gehe mit Onkel Eddi, der blind und zuckerkrank ist jeden Tag spazieren. Weil ich dich sehr schätze, möchte ich dich nochmal zu meiner Geburtstagsfeier herzlich einladen, die am kommenden Donnerstag ab circa 15 Uhr beginnt. Es würde mich sehr freuen, wenn du kommst. Ich war in der Klinik drei Tage wegen Untersuchungen. Meine Tante Linda und mein Onkel Richard haben mich Gott sei Dank wieder abgeholt. Es war kein Zuckerlecken, die Untersuchungen über sich ergehen zu lassen. Ich hoffe, dass wir uns bald wiedersehen.
In Liebe Iris"
Ich schickte den Brief danach ab in der Hoffnung auf eine positive Antwort. So blieb ich noch zwei Tage in Ferien bei Oma und wurde dann einen Tag vor meinem 18. Geburtstag von meiner Mutter mit dem Pkw abgeholt. Endlich ging es wieder nach Hause und in Vorfreude auf meinen bevorstehenden Geburtstag konnte ich vor Aufregung in dieser Nacht kaum schlafen. Auch war ich überzeugt, dass Wolfgang mich besuchen kam und hatte eine ganze Weile schon Hummeln im Bauch.

7. Mein 18. Geburtstag

Ich wachte schon zeitig in der Früh auf, weil ich wegen meiner bevorstehenden Feier schlecht geschlafen hatte und vor Aufregung kaum einen Bissen des Frühstücks herunterbrachte. Noch am Morgen buk ich einen Kuchen und sorgte, dass genügend Getränke für meine Freunde vorrätig waren, denn ich hatte ja zum ersten Mal die ganze Klasse eingeladen. Da ich in meiner Klasse einer der Jüngsten war, hatten die meisten von den anderen Mitschülern bereits selbst ihren Führerschein, sodass ich annahm, dass sie selber mit den Autos ihrer Eltern bei mir vorfahren würden. Am Nachmittag trudelten meine Freunde dann scharenweise ein, gratulierten mir herzlich und verschlangen danach meinen Kuchen und bedienten sich an den Getränken. Wen ich schmerzlich vermissen würde, war Wolfgang.

Hatte er all das Schöne an unserer jungen Liebe vergessen oder hatte sein Vater negativen Einfluss seine Entscheidung genommen? In der darauf folgenden Nacht machte ich mir viele Gedanken, was ich falsch gemacht haben könnte? Sollte ich ihn anrufen? Mein Stolz verbot mir einen Anruf bei ihm und ich musste wieder an die Worte meines weisen, blinden Onkels denken, der gesagt hatte, dass ich es

bereuen würde, wenn ich diese Beziehung kampflos aufgab. Wie recht er doch hatte! Doch was sollte ich tun? Da war guter Rat teuer!
Nach zwei Tagen des sinnlosen Wartens folgte ein Brief von Wolfgang mit folgendem Inhalt:
„Liebe Iris!
Wie Du vielleicht weißt, bin ich nicht zu deinem Geburtstag gekommen, denn weil Du nicht wusstest,wie viele Personen zu deiner Party kommen würden, machte dies die einladung für mich ein wenig fragwürdig. Außerdem will ich dir mitteilen, dass ich unsere Bekanntschaft nicht mehr so ernst nehmen kann, wie ich es vielleicht zu Anfang tat und ich mich entschieden habe, mein Studium sehr ernst zu nehmen. Deswegen können wir uns wahrscheinlich in Zukunft nicht mehr sehen und ich verbleibe mit freundlichen Grüßen Wolfgang“
Als ich diesen Brief las, brach für mich eine heile Welt zusammen. Ich war wie geschockt und schottete mich mit meinem Geheimnis ab. Ich wollte momentan niemanden mehr sehen, denn der Liebesschmerz quälte mich so sehr, dass ich sogar zu essen vergaß. Ich hatte kaum Appetit und meine Gedanken kreisten immer um Wolfgang. Um nicht ganz den Verstand zu verlieren, musste ich was unternehmen. Da meine Nachbarin, wie sich herausstellte, abends mit dem Auto wegfahren wollte, fragte ich sie, wohin sie fahren wollte und ob sie mich mitnehmen könnte. Ohne einen Abschiedsgruß an

meine Angehörigen stieg ich in ihr Auto und sie setzte mich an einer Diskothek in der nächsten Stadt ab. Ich hatte eine weiße Jeans an und ein T-Shirt und wollte meinen Frust vergessen. Zunächst suchte ich mir einen Platz und inspizierte die Jugendlichen, vor allem aber die jungen Männer, die um die Tanzfläche außen herumstanden. Als mein Lieblingslied „Selfcontrol" aufgelegt wurde, konnte ich mich nicht mehr halten und tanzte wild auf der Tanzfläche und rockte rhythmisch mit den starken Bassakkorden der Melodie mit und berührte dabei den ein oder anderen Jungen am Gesäß mit meinem Fuß. Die Jungs ließen sich das nicht lange gefallen und umringten mich, packten mich und trugen mich zu dem Springbrunnen vor der Disko und ließen mich ins Wasser mit den Beinen gleiten. Ich wurde etwas nass und bat inständig, dass sie mich wieder losließen und vor dem Brunnen abstellten. Als gestraucheltes „Kaninchen" tanzte ich noch ein paar Runden und überlegte mir erst jetzt, wie ich eigentlich wieder heimkommen könnte.

Da fing ich an, die Jungs zu fragen, welche Richtung diese nach Hause fuhren und einer war dabei, der zufällig in der Stadt wohnte wie meine Oma. Ich bat ihn, mich mitzunehmen und hatte wahnsinnig Angst, dass er mir was antun würde. Also wahrte ich Distanz zu ihm im Auto und obwohl er mich bat, am Ende der Autofahrt, ihn zum Abschied zu küssen, sozusagen als Dankeschön für das Mitfahren, traute ich mich das auch nicht und gab ihm nur die Hand, bedankte mich und verabschiedete mich in dieser Nacht von dem unbekannten, jungen Mann. Meine Oma war ganz schön überrascht, als ich spät in der Nacht vor Ihrer Haustür stand und fragte, ob ich über Nacht bleiben dürfte. Da ich ja die Einstellung meines Vaters kannte, der nie und nimmer mich von der Disko abgeholt hätte, war die Übernachtung bei meiner Oma der einzige Ausweg in dieser Lage. Außerdem war ich ganz froh, endlich die nassen Klamotten auszuziehen und zum Trocknen im Bad aufzuhängen. Aus lauter Frust und verletzter Eitelkeit, weil Wolfgang mir so einen schlimmen Abschiedsbrief geschrieben hatte, war ich zum „Feger“ in der Diskothek geworden und hatte mit meinem Verhalten über die Stränge geschlagen.

8. Ende der Schulzeit

Die Sommerferien endeten wie immer viel zu früh und die 12. Klasse der Oberstufe im Gymnasium begann. Ich hatte die Leistungskursfächer Englisch und Sport gewählt und erhoffte mir auch zumindest in Sport gute bis sehr gute Noten. Es gab keine Klassen mehr und jede Stunde hatten die Klassenzimmer anders zusammengewürfelte Schüler, weil ja jeder andere Leistungsfächer gewählt hatte. Es gab also keine Klassengemeinschaft mehr, sondern jeder Schüler musste für sich den geeigneten Raum des Unterrichts suchen und natürlich möglichst viele Punkte für sich einheimsen. Ich fühlte mich von Anfang an allein und isoliert und wegen meiner Erfahrungen im Sommer hatte ich Wehmut, nein Sehnsucht nach Geborgenheit, die mir dieses System der Schule nicht im Geringsten geben konnte. Ich lauschte ergeben dem Unterrichtsgeschehen, hatte aber keinerlei Spaß daran und meine unerwiderte Liebe zu Wolfgang, die mich wie ein schwerer Balast gedanklich verfolgte, versetzte mich in eine gedrückte Stimmung.

Ich absolvierte zwar meine Schulstunden, war aber nur mit halbem Herzen dabei. Danach fuhr ich mit dem Bus nach Hause, aß etwas zu Mittag und saß dann stupid hinter meinem Schreibtisch in der Hoffnung, was zu lernen, aber mein Gehirn war wie

leer gepustet und mein Körper erstarrte mit jedem Tag mehr. Ich bewegte mich kaum noch und grübelte und grübelte, konnte aber nichts mehr produktiv lernen. Jeden Abend war ich froh, im Bett zu liegen und immer wieder wanderten meine Gedanken zu dem Sommer mit Wolfgang. Er wurde für mich wie ein Idol eines jungen zielstrebigen Mannes, in den ich mich unsterblich verliebt hatte und Gedanken der Liebe zu ihm durchströmten mich immer wieder, selbst dann noch, wo er doch „Lebewohl" gesagt hatte. Ich wollte einfach die Hoffnung nicht aufgeben, ihn eines Tages wiederzusehen. So verging der Sommer und der Herbst kam und mit ihm die immer trübere Stimmung des stürmischen Wetters. Wie das Wetter, so fühlte sich auch mein Körper an: kalt, starr und einsam, bewegungsarm und gefühlskalt. Ich zog mich nach dem Mittagessen in mein Zimmer zurück, brachte aber fast keine Leistung mehr zustande. Ich saß den Nachmittag ab, um am nächsten Morgen mühsam mich in die Schule aufzuraffen. Meine Leistungen in der Schule brillierten nicht, aber ich gab vorerst nicht auf. Meine sozialen Kontakte waren im Dorf eh nicht großartig, aber schmolzen auch mit dem neuen System der Kollegstufe noch mehr zusammen, sodass ich wenig Kontakte zu Mitschülern hatte, die mich aus meiner Isolation hätten befreien können.
Eines Tages schrieben wir dann im Leistungskurs Englisch eine Klausur. Es handelte sich um eine Art

Aufsatz mit einem Umweltthema. Wir durften nur ein englischsprachiges Wörterbuch verwenden und mir viel zu diesem Thema nicht viel ein. Ich war auch irgendwie blockiert und der Englisch-Aufsatz wurde zur Katastrophe.
Ich hatte nicht gerade ein gutes Gefühl beim Schreiben und ich wollte zwar mein Bestes geben, aber ich war nicht gerade ein Genie in Englisch. Ich wartete also meine Note in diesem Fach mit gemischten Gefühlen ab und nach zwei Wochen bekamen wir die Arbeit benotet zurück. Was soll ich sagen? Die Arbeit überstieg meine schlimmsten Befürchtungen, ich hatte null Punkte geschrieben, also eine sechs. Das war ein Fiasko, das Schlimmste, was passieren hat können, dachte ich damals. Dass es noch schlimmer werden würde, hätte ich mir in den schlimmsten Träumen nicht ausmalen wollen.
Die Englisch-Klausur mit null Punkten bedeutete das Ende meiner schulischen Karriere und bald darauf verließ ich im Einvernehmen mit den Lehrern des Gymnasiums die Schule endgültig und mir wurde eine ärztliche Untersuchung in einem psychiatrischen Krankenhaus als weitere Maßnahme angeraten, um meine Leistungsfähigkeit und Merkfähigkeit wieder zu steigern. Meine Eltern – unfähig für andere Maßnahmen oder Entscheidungen – zögerten nicht lange und so landete ich wieder in der Psychiatrie.

9. In der Klinik

Ich starrte auf die Regentropfen, die am Fenster der Klinik abperlten. Mein Inneres war leer und ich fühlte mich einsam, verlassen und isoliert. Ich war am Ende meiner schulischen Laufbahn. Ich konnte nicht mehr Kunst studieren, wie ich es immer geplant gehabt hatte. Wie sollte es weitergehen? Kein Mensch kam mich besuchen, nur meine Mutter brachte mir jede Woche frische Wäsche. Sie wollte mich aufmuntern, doch es gelang ihr schlecht. Ich war soweit abgerutscht, dass ich mich selbst nicht mehr mochte und wurde immer lethargischer, immer stummer, immer bewegungsarmer. Ich war gebrochen, mein Stolz war gebrochen, mein Herz war gebrochen, mein Körper war nur Hülle und diese Hülle wurde immer dicker, je länger der Klinikaufenthalt währte und je mehr Medikamente an mir erprobt wurden. Ich war zunächst von den Medikamenten sediert, wie in Tranche und eigene selbständige Gedanken wurden mir fremd. Ich funktionierte nur für meine Umwelt und hatte keinen Ehrgeiz diesen Zustand zu ändern, denn ich wollte und konnte nicht arbeiten und jeder Tag in der Klinik war eine Zumutung für meine Seele, die nach der Liebe zu Wolfgang hungerte. Ich konnte mich selbst nicht mehr leiden und verachtete mich und meinen immer unförmig dicker werdenden Leibesumfang. Ich hatte mich aufgegeben und mir war alles egal, nur den Tag hinter sich bringen mit möglichst wenig Aufwand. Ich grübelte über meine verlorene Liebe und jeder Tag in der Klinik war eintönig, langweilig und fade. Die Herrn Doktoren wechselten nach 14 Tagen die Medikation, die nicht angeschlagen hatte und ich bekam noch stärkere Medikamente als zuvor. An meinem Zustand änderte sich jedoch auch nach sechs Wochen Klinikaufenthalt nichts. Nach dieser Zeit durfte ich wieder nach Hause und daheim umsorgte mich meine Mutter dahingehend, dass ich mich hinlegen sollte, wenn sie mit ihrem Latein am Ende war. Ich legte mich also ins Bett, als ob es ein Sarg wäre und ruhte. Ich fühlte mich seelisch tot. Ich wollte niemanden mehr sehen, schon gar nicht irgendwelche neuen Leute kennenlernen. Ich kroch mich wie in ein Schneckenhaus zurück und vegetierte körperlich vor mich hin.

10. Wieder Zuhause

Es war grausam, ein Leben zu haben, das keinen Sinn mehr machte. Meine Mutter versuchte mich aufzumuntern und gut zuzureden, aber es half nicht viel. Die anderen Familienangehörigen zogen sich von mir zurück, meine Schwester flüchtete in dieser Zeit mit dem Fahrrad immer zu meiner Cousine, mein Bruder, der sieben Jahre jünger war als ich, genoss das Leben in freier Natur und angelte gerne. Mein Vater war ein „Eigenbrödler" und stand sich selbst immer ein wenig im Weg. Er wollte nie verreisen und hatte einen ungesunden Sparzwang, sodass er uns als Kinder sogar die Badewassermenge begrenzte und an die Tür polterte, wenn wir mal wieder den Wasserhahn nicht rechtzeitig abdrehten. Ich weiß auch noch, wie ich einmal eine so schallende Ohrfeige von ihm bekam, dass ich ganz rot auf einer Backe nachher war. Der Grund war für mich nicht mehr nachvollziehbar, aber gemerkt hatte ich, daß man ihm besser aus dem Weg ging. So war meine Krankheit für ihn überhaupt nicht einleuchtend und er reagierte eher mit Aggression als mit Mitleid. Also ging ich ihm - so gut es ging – aus dem Weg.
Er duldete auch nicht, dass ich länger im Bett blieb, als es der Norm entsprach und hetzte mich aus meinem Bett, weil er der Meinung war, ich würde durch seine Therapie gesund. Seine Therapie bestand

aus Arbeiten an der frischen Luft wie Holz hacken, Hasen füttern, Unkraut jäten und anderen Arbeiten, die ihm so einfielen. Mich kotzte das dermaßen an, aber ich versuchte ihm zu gehorchen. Es war allerdings nicht förderlich für meine Genesung, weil ich eher die Arbeiten mit Widerwillen erledigte, nur um von ihm nicht bestraft zu werden. Da mein Vater ja Polizist war, hatte er auch Schichtdienst und war öfter zuhause als mir lieb war.
So fristete ich das Leben zuhause so vor mich hin, innerlich wie ausgehöhlt und nach außen hin abgeschottet. Meine Mutter war einsichtig, dass es so nicht weitergehen könne und besorgte mir einen Job in einer Werbeargentur, die Druckplatten für Flyer, Plakate und Werbung herstellte.
Jeden Morgen musste ich früh aufstehen, was mir sehr schwer fiel, denn die Medikamente, die ich immer noch einnehmen musste, machten mich richtig müde. Mit einem Nachbarn konnte ich zu der Druckfirma mitfahren, wie eine Art Fahrgemeinschaft. Ich war froh, dem häuslichen Umfeld momentan entflohen zu sein, da mein Vater mir sonst wieder die absonderlichsten Aufträge erteilt hätte. Ich erledigte also die mir aufgetragenen Arbeiten, säuberte die Druckplatten, sortierte Plakate, kochte für den Chef Kaffee und war Mädchen für alles, was sonst keiner tun wollte.
In den Mittagspausen aß ich brav meine mitgebrachten Wurstbrote, vorwiegend bestückt mit

Bierschinken und Butter, was etwas ranzig schmeckte, weil es ja seid am Morgen herumlag. Ich durfte sogar ins Wohnzimmer meines Chefs sitzen, der in der Mittagszeit oft noch telefonierte, so daß ich meistens auf dem schwarzen lederbezogenen Sofa allein meine Mittagspause fristete. Ich versuchte meinen Körper am Laufen zu halten und nicht in Stagnation zu versinken, weil ab und zu mir fast die Augen vor Müdigkeit zufielen, sobald ich mich ein wenig setzen durfte. Natürlich war ich froh, wenn ich den Tag wieder bewältigt hatte und ich um circa 16.30 Uhr von meinem Nachbar wieder mit nach Hause gefahren wurde. Wenigstens das klappte tadellos.
Ich bewarb mich unterdessen als Lehrling zur Kirchenmalerei, erntete jedoch zunächst eine Absage der Meisterin, die erst in einem Jahr Stellen für Lehrlinge besetzen wollte. Also versuchte ich noch im öffentlichen Krankenhaus mein Glück, um währenddessen eine Praktikumsstelle als Pflegehelferin zu bekommen. Da hatte ich mehr Glück. Da man kaum Geld als Praktikantin verdienen konnte, und diese Stelle als Garant für eine Lehrstelle zur Krankenschwester diente, war ich eine der wenigen Bewerberinnen.

11. Die Stelle als Praktikantin

Ich hatte Glück und wurde zum 1. Juni im Krankenhaus als Praktikantin eingestellt, nachdem ich in der Werbegraphik circa 11 Wochen gearbeitet hatte. Allerdings musste ich in den sauren Apfel beißen und jeden Tag fünf Kilometer hin und fünf zurück radeln und das bei jedem Wetter und auch im Winter. Da ich so sportlich unterwegs war und auch im Krankenhaus etliche Meilen laufen musste, um die Arbeiten und Wünsche rund um die Patienten zu erfüllen, hatte das auch einen positiven Nebeneffekt: Ich nahm an Gewicht wieder ab und fühlte mich in meiner Haut wieder wohler. Außerdem machte mir die Arbeit im Krankenhaus Spaß und wehmütig mußte ich immer wieder an Wolfgang denken, der auch im Gesundheitswesen seinen Beruf gewählt hatte und vielleicht würde er als Arzt ja zurückkommen, wenn er sein Studium beendet hätte und wir könnten wenigstens in beruflicher Hinsicht wieder zusammenkommen. Meiner Phantasie war in dieser Richtung keine Grenze gesetzt und ich träumte immer noch von ihm.

Der Tagesablauf des Klinikalltags wiederholte sich: wenn man Frühdienst hatte, zog man eilig seine Dienstkleidung an, hetzte auf Station, wo die Übergabe der vorherigen Schicht erfolgte und jeder Patient, seine Wünsche, sein Allgemeinzustand oder

die Verbesserung oder Verschlechterung seines Krankheitszustands beschrieben wurde oder Auffälligkeiten jeglicher Art Erwähnung fanden. Dann gingen wir Betten machen, überzogen dreckige Bettwäsche oder schüttelten die Betten auf. Waschen oder Duschen der Patienten unter Berücksichtigung seiner Krankheit war die erste Tätigkeit am Morgen, die sich über mehrere Stunden hinziehen konnte, wenn die Patienten frisch operiert und nicht allzu fit waren. Außerdem gab es immer etwas anspruchsvollere Patienten, die spezielle Wünsche äußerten, wie z.B. die tägliche Zeitung vom Kiosk besorgen. Ich versuchte den individuellen Ansprüchen gerecht zu werden und integrierte mich voll in das Team, durfte sogar „subcutan", also unter die Haut Spritzen setzen und war sehr stolz darauf. Von der Chirurgie wurde ich nach sechs Monaten dann zu der gynäkologischen Station versetzt. Da regierte ein „Drachen" mit kurzgeschorenen, schwarzen Haaren und einem scharfen Kommandoton die Station, das dem eines Feldwebels bei der Bundeswehr alle Ehre gemacht hätte. Die schöne Zeit schien vorbei zu sein, denn ich verbrachte den Großteil der Zeit im Fäkalienraum und putzte verschmutzte Nachttöpfe.
Eines Morgens mußte ich wieder bei Eis und Schnee meine Strecke möglichst rasch bewältigen und kämpfte gegen die Schneeflocken mit meinem Fahrrad an. Kurz vor meinem Ziel rutschte ich an

einer sehr glatten Stelle doch tatsächlich dermaßen aus, daß ich mir das Knie verletzte. Ich kam an diesem Morgen fünf Minuten zu spät und entschuldigte mich bei der Stationsleitung, die in überaus erregtem Ton mich herunterputzte und mich zur Schnecke machte, was mir einfiele, nicht pünktlich zur Arbeit zu erscheinen. Ich blutete aus dem Knie, doch die weiße Schürze verdeckte dies und ich sah mich völlig ungerecht behandelt, traute mich der autoritären Person, die momentan für mich zur Furie geworden war, nicht zu widersprechen und unterdrückte meine aufsteigenden Tränen. Irgendwie ging es dann weiter und ich unterdrückte den Schmerz, den mein lädiertes Knie verursachte, aber gemerkt habe ich mir diese Abreibung der Stationsschwester bis heute.
So gestrauchelt wie ich war, redete ich mit meiner Oma, die in der Nähe des Krankenhauses wohnte, ob ich nicht bei ihr übernachten könne, bis der Winter vorbei war. Da hatte ich nur circa einen Kilometer zum Krankenhaus zu radeln statt fünf von zuhause. Sie war einverstanden und freute sich, weil sie mich als Gast hatte. Für mich begann eine schöne Zeit, denn bei Oma konnte ich Romane in meiner Freizeit lesen, Karten spielen und hatte überhaupt ein recht faules, angenehmes Leben, denn in der Mietwohnung meiner Oma gab es für mich nicht allzu viel zu tun. Ich genoss meine neu hinzugewonnene Freiheit und schätzte dem Alltagstrott von Zuhause entronnen zu

sein, vor allem meinem strengen Vater entronnen zu sein und natürlich eine wesentlich kürzere Fahrtzeit zum Arbeitsplatz zu haben.
Allerdings war der Streit und das zwischenmenschliche Geplänkel zwischen meinen Großeltern manchmal ganz schön nervig. Meine Oma bevormundete meinem bettlägrigen Opa, der unter anderem an Altersdiabetes litt und gern aß und trank. Weil er seit seines Lebens auch mal über den Durst getrunken hatte und kein Kostverächter gewesen war, zeigte sich dies an der Zuckerkrankheit im Alter. Meine Oma begrenzte die Essensmenge und wollte die Diät für ihren Mann strikt einhalten, aber Opa schimpfte und polterte meist so lang, bis er noch was bekam. Dies hatte zur Folge, dass man ihm zuerst den schwarzen Zeh amputierte, zuletzt noch das ganze Bein abnahm. Dies machte ihn erst recht zur Nervensäge, weil er sich nichts mehr selber besorgen konnte und er schrie bald alle zehn Minuten nach irgendetwas, was nicht passte oder er haben wollte. Da meine Oma eine äußerst resolute Person war, konterte sie dann immer dagegen und das machte den häuslichen Frieden grundsätzlich zunichte. Ich gewöhnte mich zwar an diese Art der Auseinandersetzung und schloss mich in mein Zimmer ein und las meine Arztromane und hielt mich aus der hitzigen Atmosphäre auf Distanz. So verbrachte ich auch noch den Rest des Praktikums bei meinen Großeltern und fing an, mir Fahrunterricht

von einem netten älteren Herrn geben zu lassen. Auch meine Malerei vertiefte ich und so entstanden viele gelungene Tiermotive, die ich in Aquarell-Farben malte und einige davon begeisterten auch meinen Fahrschullehrer, der mir das ein oder andere Bild abkaufte. So konnte ich mein Taschengeld aufbessern und hatte auch die Bestätigung, dass die Bilder gefielen.

Nach circa 20 Fahrstunden kam der Tag der praktischen Prüfung, vor dem ich schon ein wenig Angst hatte, weil ich noch nicht so sicher am Steuer war. Die theoretische Prüfung hatte ich mit wenig Fehlerpunkten bestanden, doch praktisch sah die Sache schon brenzliger aus. Ich wurde zuvor von meinem Fahrlehrer natürlich gefragt, ob ich irgendwelche Medikamente einnehmen würde, verharmloste diese Sache ihm gegenüber und ignorierte die Reaktions- und Reflexbereitschaft, die die Fahrtüchtigkeit einschränken konnte. Zwar wußte ich, daß die Medikamente meine Reaktionsfähigkeit einschränkten, wollte aber trotzdem auf den Führerschein nicht verzichten und so versuchte ich mein Glück zur ersten Prüfung.

Alles ging am Anfang ziemlich reibungslos, denn ich fuhr vorsichtig, war aber schrecklich aufgeregt. In der Aufregung fuhr ich dann ein schmale Straße hinunter, wo ein Stopp-Schild angebracht war, das aber von Zweigen etwas verdeckt war. Ich hielt nicht an der Haltelinie, sondern bog gleich nach rechts ab, ohne

anzuhalten und war auch schon durchgefallen, weil ich das Stoppschild missachtet hatte. Ich war natürlich nicht gerade glücklich über dieses Ergebnis. Nach weiteren sieben Fahrstunden wurde ich nochmal zur praktischen Prüfung gemeldet und fuhr am Anfang in den Bahnhof der Kreisstadt hinein, allerdings bremste der Fahrschullehrer, weil ich die Vorfahrt von rechts übersehen hatte und war das zweite Mal durch die Prüfung gerauscht.
Ich nahm weitere Fahrstunden und wurde etwas sicherer und versuchte auch alles genauestens nach Vorschrift zu beachten. Natürlich hatte sich durch die vielen Fahrstunden der Betrag für den Fahrunterricht vervielfacht. Aller guten Dinge sind drei. So versuchte ich nach weiteren sieben Fahrstunden meine praktische Prüfung zu schaffen. Ich bemühte mich, die Verkehrszeichen und den laufenden Verkehr so gut wie möglich zu beachten und musste sogar noch rückwärts einparken, was mir einigermaßen gelang und hatte nach dem dritten Versuch endlich meinen Führerschein geschafft.
Der nächste Schritt war natürlich, dass ich mich um ein eigenes Auto bemühte, aber ich hatte nicht viel Geld auf der hohen Kante, so daß ich mir nur ein älteres Modell leisten konnte. Wenn ich selber ein Auto hätte, wäre ich nicht mehr auf die Gunst meines Vater angewiesen, der das eigene Auto nur ungern lieh, ich müßte im Winter bei Eis und Schnee nicht mehr Radfahren und war endlich selbst mobil. Was

für unerschöpfliche Vorteile so ein Auto doch bot! Ich wußte ja, dass mein Vater strikt gegen einen eigenen Wagen meinerseits war, aber kurz darauf kaufte ich bei einem Bekannten meiner Schwester mein erstes Auto. Es handelte sich um einen hellblauen zweitürigen Golf, den ich sofort in mein Herz schloss, schon allein wegen der Farbe des Wagens: himmelblau- einfach phantastisch!

12. Die Stelle als Kirchenmalerin

Jetzt begann für mich eine mobile, flexible Zeit, in der ich flott mit meinem Auto unterwegs war. Allerdings fraß das Auto auch viel Benzin und dieses war teuer. Also beschränkte ich mich ab Herbst auf die Fahrten zur Arbeit, denn ich konnte meine Stelle zur Kirchenmalerin endlich antreten. Die Werkstatt meiner Chefin war schlicht und und dreckig. Auch die Toilette, die natürlich die Lehrlinge abwechselnd jede Woche reinigen mußten, ließ zu wünschen übrig. Der triste Alltag hatte meinen Kollegen und mich bald eingeholt. Wir mußten mit sehr scharfen, dämpfenden Stoffen alte Bauernschränke zentimeterweise von seiner alten Malerei, die auf die ursprüngliche Wertvollere gemalt war, befreien. Die scharfen Mittel bewirkten bei mir eine Art einlullenden Dämmerzustand, denn man atmete des Zeug auch permanent ein und das benebelte die Sinne.
Gott sei Dank waren da noch Aufträge, die man in den Kirchen selbst ausführen konnte wie zum Beispiel in einer großen Kirche, wo wir die Wände mit Schwämmen reinigen mussten und die Flecken der Kirchenbänke mit Walnusskernen wieder in die gewünschte Farbe anpassen konnten. Die Vergoldungen, die abgeplatzt waren, ersetzte meine Meisterin selbst, zumindest am Anfang unserer Lehre. Während der Lehrjunge meist dem Ehemann meiner

Meisterin zugeteilt wurde, der mit diesem meist Malerarbeiten erledigte, wurde ich mit Restaurierungsarbeiten zunehmend in der Werkstatt beschäftigt und fühlte mich oft sehr alleingelassen, weil sich meine Meisterin sehr wenig um mich kümmerte, da sie zwei kleine Kinder hatte und diese im Haus beaufsichtigte. Da gab es auch noch die Mutter meiner Chefin, die die Familie bekochte und hin und wieder auch ihre Kinder beaufsichtigte. Da es sich bei dieser Familie um eine Großfamilie handelte, lerne ich nach und nach auch die übrigen Geschwister meiner Chefin kennen, die zum Teil auch mit der Kirchenmalerwerkstatt einen Bezug hatten.
So verbrachten wir dann auch eines Tages bei einem Bruder meiner Chefin die Nächte, weil wir in der Nähe für die Musterachsen einer sehr bekannten, barocken Kirche im Allgäu den Auftrag bekommen hatten. Dort waren meine Chefin und ich im Einsatz und versorgten uns dann zum Mittagessen selbst. Nachdem wir einen Endiviensalat von der Bäuerin nebenan geschenkt bekommen hatten und auch eine kleine Küche benutzen durften, die der Haushälterin des Pfarrers unterstand, kochten wir eines Tages sogar Käsespätzle mit Salat. Dreimal darf geraten werden, wer den Abwasch dann von der ziemlich verklebten Reibe der Käsespätzle übernehmen durfte?....Tja, natürlich ich, während meine Chefin mit den Restauratoren, die in der Kirche die Seiten- und

Deckengemälde retuschieren würden, einen Plausch hielt.
Sehr interessant an dieser Kirche war allerdings, daß von dem Pfarrhaus ein Geheimgang zur Kirche bestand, von wo aus man über den Glockenturm in einen kleinen Gang zum Hauptschiff der Kirche seitlich zum Altardeckengemälde gelangte. Man konnte von diesem Platz aus die ganze Kirche von diesem Platz aus beobachten und wahrscheinlich beobachteten die Mönche auch früher auch von diesem Geheimplatz aus, wer alles in der Kirche war und brav seinen Ablass bezahlte. Jedenfalls durften wir diesen Geheimweg auch einmal benutzen, um das Altarbild in Augenschein zu nehmen, bei dem Restauratoren unter dem jetzigen Altarbild das eigentlich Ursprüngliche freigelegt hatten. Das war sehr spannend und meine Abenteuerlust ging mit mir bei diesem Auftrag durch. Ich habe dies bis heute noch lebhaft in Erinnerung. Fünf Jahre danach kam sogar eine Reportage über diese Kirche im Fernsehen, so daß ich sehr stolz auf mein Schaffen in dieser Kirche zurückblicke.
Was mir auch noch in Erinnerung haften blieb, ist die Tatsache, dass meine Chefin Margaretha und ich bis tief in den November bei minus sieben Grad zum Teil mit Handschuhen noch an den Musterachsen der Kirche arbeiteten, den Stuck und die Vergoldungen in einer mit sieben Gerüsten hohen Fassade anbringen mußten. Es war so ziemlich der körperlich

anspruchsvollste Auftrag in meiner Lehrzeit als Kirchenmalerin.
Danach begann wieder die Zeit in der Werkstatt lang zu werden, in der ich mit diesen bestialisch stinkenden, mörderisch gesundheitsgefährdenden Stoffen die Restaurierung alter Möbelstücke wahrnehmen mußte. Auch der andere Lehrjunge Michel , der blonde Locken hatte, klagte ebenfalls, durfte aber wochenweise mit dem Meister Räume anstreichen gehen. Also blieb ich in der Werkstatt allein zurück und atmete das giftige Zeug ein. Nicht mal eine Maske wurde uns zur Verfügung gestellt. Ich war manchmal wie in Trance, nachdem ich acht Stunden die Chemikalien eingeatmet hatte und fuhr mit meinem kleinen, hellblauen Flitzer sichtlich benebelt heim.
Ich dachte manchmal sehnsuchtsvoll an mein Praktikum im Krankenhaus zurück, wo es angenehm warm und abwechslungsreiche Arbeiten gegeben hatte, wo sich die Patienten dankbar gegenüber mir für kleine zusätzliche Dienste geäußert hatten. Auf der einen Seite hatte ich einen künstlerischen Beruf beginnen wollen, aber daß dieser auch Schattenseiten hatte, wurde mir erst klar, als ich mittendrin steckte. So war der sehr geringe Lohn auch deswegen etwas Negatives, weil er von meiner Meisterin meistens mit Verspätung ausgezahlt wurde und gerade mal die Kosten für meinen Sprit des Autos deckte. Ich mußte mir für Kleidung das mühsam verdiente Geld von

mehreren Monaten zusammenlegen, damit ich mir zusätzlich Kleidung kaufen konnte. Außerdem streikte mein Auto zwischen durch, so daß ich manchmal auch noch Ersatzteile kaufen mußte, um mein Auto in Schuss zu halten. Natürlich fragte ich meinen Vater dann jedes Mal um Hilfe, der zunächst fluchte, weil das ständig kaputte Auto wieder mal zu reparieren war.
Der Alltag war hart und ich versuchte mich über Wasser zu halten. Manchmal fiel mir das Aufstehen am Morgen schwer, schon allein deshalb, weil ich die Monotonie der Arbeitsabläufe und den Staub und den Dreck in der Werkstatt immer mehr zum Kotzen fand. So fragte dann meine Chefin eines Tages nach dem Arbeitsheft, das ich bisher stiefmütterlich bei mir zuhause verwahrt hatte. Da ich nicht wußte, was ich da überhaupt eintragen sollte, blieb es halt leer und meine Chefin war entsetzt, als sie mein Arbeitsheft durchblätterte. Niemand hatte mir gesagt, daß ich Arbeitsabläufe und die mir aufgetragenen Arbeiten schriftlich fixieren sollte und im Nachhinein war dies schwer nachzuvollziehen, was man alles so gearbeitet hatte. Vor mir tat sich also ein Loch auf, das ich nicht überspringen konnte und nach dieser Zeit von inzwischen fast eineinhalb Jahren Lehrzeit konnte und wollte ich nicht so weitermachen. Ganz abgesehen von der gesundheitlichen Seite, jahrelang diese Dämpfe der giftigen Stoffe einatmen zu müssen, grauste es mir vor der weiteren Zeit in dieser Lehre.

Das einzig Positive dieser Zeit war, daß die Berufsschule der Kirchenmaler und Vergolder in München war und die Zugfahrten dorthin und die Mittagspausen, die ich für kleine Ausflüge in Museen nutzte, kleine Höhepunkte meiner beruflichen Laufbahn waren. Natürlich wußte ich auch, daß Wolfgang in München studierte und hoffte ihm eines Tages über den Weg zu laufen. Ich dachte immer noch an unsere Zeit zu zweit sehnsüchtig zurück. Konsequenterweise kündigte ich nach anfänglichen Diskussionen mit meiner Familie meinen Lehrvertrag aus gesundheitlichen Gründen. Einerseits erleichtert, anderseits wieder ein Schritt ins Ungewisse, suchte ich mir daraufhin ein anderes Betätigungsfeld.
Was lag da näher, als auf bereits vorhandene Erfahrungen zurückzugreifen? Das Praktikum im Krankenhaus hatte mir gefallen und „Der Mensch und seine Erkrankungen" hatten mich schon immer interessiert, so dass ich mich entschloss, eine Ausbildung zur Krankenschwester anzutreten. Da ich gesundheitlich von psychischer Seite immer noch ambulant in Behandlung war, mußte ich Medikamente in Tropfenform täglich einnehmen. Natürlich versuchte ich das Geheimnis für mich zu behalten, denn sonst würde eine neue Lehrstelle gleich wieder in Frage gestellt sein. Also entschloss ich mich, meinen Ausbildungsplatz zur Krankenschwester an einer Klinik zu absolvieren, die erstens weiter weg von zuhause war und zweitens ein

gefächertes, vielfältiges Programm bot, das also nicht aus 75 Prozent Psychiatrie bestand, sondern viele verschiedene Ausbildungsrichtungen wie Gynäkologie, Chirurgie, Orthopädie, Innere Medizin, Urologie und Augenheilkunde aufwies. Ich bewarb mich also auf Empfehlung meiner Freundin Silke in dieser Klinik mit vielfältigem Programm und wurde zur Ausbildung aufgenommen. Ich freute mich riesig.

13. Die Ausbildung zur Krankenschwester

Die Bedingung dieser Klinik, die von Klosterschwestern geführt wurde,war,daß ich in deren Schülerwohnheim einziehen musste. Mir wurde ein Zimmer im Erdgeschoss des Wohnheims zugeteilt, das gleich neben meiner Lehrschwester Adelhild lag. Diese Lehrschwester hatte überall Augen und Ohren. Da sie ja in unmittelbarer Nähe wohnte, durfte ich mit meinem gesundheitlichen Problemen nicht auffallen. Also versteckte ich meine Tropfen, die ich täglich einnehmen mußte, damit ich psychisch stabil blieb, ganz hinten im Schrank meines einfach möblierten Zimmers. Immer bedacht darauf, möglichst nicht aufzufallen, hielt ich mich auch an die mittelalterliche Vorschrift, bis zehn Uhr abends das Wohnheim nicht mehr zu verlassen und auf Herrenbesuche zu verzichten. Allerdings verwahrte ich mir das Recht, doch mal mit Jungs auszugehen, denn ich konnte mir ein Klosterleben nicht als Lebensziel vorstellen. Manch eine Schülerin fiel durch besonders kurze Röcke beim Verlassen des Wohnheims auf und wurde dann von unserer strengen Schwester Adelhild prompt mit den Worten verabschiedet: „Daßs du ja nicht auf deinen Rock trittst, aufgepasst!"
Tja, es waren teils harte Zeiten, denen wir Schwesternschülerinnen entgegensteuerten, denn Wir mußten 3 von 4 Wochenenden zum Teil geteilt

arbeiten, das hieß eine Zeit von ungefähr 6 bis 10 die andere abends zwischen 16 und 18 Uhr. Immer so wie die Stoßzeiten und die meiste Zeit auf den jeweiligen Stationen die meisten Hände zum Waschen, Essenseingabe oder Betten machen gebraucht wurden, wurden wir Schülerinnen eingesetzt. Wir hatten natürlich auch Unterricht, der von verschiedenen Ärzten und Lehrschwestern erteilt wurde. Die meisten Unterrichtsstunden gab allerdings Schwester Adelhild persönlich, die eine strukturierte Einteilung und effektive Methode hatte, Krankheiten in Definition, Ursachen, Diagnosen und Therapie zu untergliedern. Im Unterricht selbst lauschte man ihr angestrengt und außerdem duldete sie keine Privatgespräche und Unruhe während ihres Vortags. Da man sich am Ende der Schulzeit gute bis sehr gute Ergebnisse erhoffte, duldete Schwester Adelhild nicht mal befriedigende Leistungen und zitierte jede in ihr Lehrzimmer, wenn sie das Gefühl hatte, dass nicht genug gelernt wurde. Sie sprach so eindringlich und fordernd, dass man sich gern wieder auf seinen Hosenboden hockte und noch mehr büffelte, um wieder Einser und Zweier in den fast wöchentlichen Schulaufgaben zu schreiben. Wir mußten echt pauken, bis uns die Köpfe rauchten, aber am Ende der Ausbildungszeit, so hofften wir, würde sich die ganze Büffelei auszahlen. Wie wir von anderen Schülerinnen wußten, war Schwester Adelhild zwar streng, aber gerecht und erzielte immer hervorragende

Ergebnisse bei der Prüfung.
Um dem beruflichen Druck etwas Ausgleich zu verschaffen, ging ich auch mal wieder mit meiner Schwester Paula und meiner Cousine Britta abends in eine Disco, als ich mal ein Wochenende frei hatte. Meistens verliefen solche Treffen ja ergebnislos und jeder ging danach wieder seinem geregelten Alltag entgegen, doch diesmal war es anders.

14. Beim Tanzen

Wir standen erst nahe bei der Tanzfläche und unterhielten uns über die anwesenden Personen. Ein paar Leute kannten wir von unseren früheren Tanzabenden. Meine Cousine Britta war eh eine etwas geschwätzige und neugierige Person, die meist sofort Anschluss fand. Sie war etwas klein, aber nicht pummelig und legte ganz besonderen Wert auf ihre Frisur. Sie hatte brünette, halblange Haare, aber leider kein sehr dickes, glänzendes Haar, sondern eher etwas spärlich. Ihr kantiges Gesicht und das etwas zu kleine Kinn ließ sie nicht besonders ästhetisch wirken, eher gedrungen erscheinen. Meine Schwester Paula hatte einen sehr großen Busen, worauf die Jungs abzufahren schienen, da konnte ich wahrlich mit meinen kleinen sportlichen Brüsten nicht mithalten. Dafür war ich etwas größer und schlanker, so daß meine Figur in Jeans und Bluse hervorragend zur Geltung kam. Mir meinen blonden langen Haaren konnte ich sehr wohl gegen andere konkurrieren.
Als wir uns nach ein paar Tanzrunden mit ein paar einfältigen Bauernburschen abgemüht hatten, orderte mich ein großer, schlaksig wirkender Kerl auf, der mit seinem dunkelbraunen Vollbart imposant wirkte. Beim Tanzen stellte er sich vor: „ Hallo, ich heiße Karl Maier! Wie heißt du?“ „Ich heiße Iris Weber“, gab ich zurück.
Wie sich im weiteren Verlauf unserer Unterhaltung

herausstellte, war auch er als Erzieher in Ausbildung. Karl war sehr groß und breitschultrig, hatte dunkelbraune Haare, eine riesige, dominante Nase und schwungvolle Lippen, die von seinem Vollbart umrundet wurden.
Seine Hose und sein Hemd, das ein wenig aus dem Hosenbund an einer Stelle herausragte, waren blau und brandmarkte ihn eher als Schlamper, da die Hosenfalle ein Stück offenstand. Auf mich machte er den Eindruck eines einsamen Cowboys, der nach einer Runde im Saloon noch Zigaretten genoss. Daß er dunkle Haare hatte und groß und breitschultrig war, gefiel mir, aber seine etwas schlampige Art, sich zu kleiden, sprach gegen ihn. Auch das Rauchen stieß mich eher ab, jedoch gab es wohl bei jedem Menschen Vor- und Nachteile. Man mußte nur mit diesen leben können und wollen. Also versuchte ich, mich zunächst neutral zu verhalten und ihm eine Chance zu geben.
Wir verabredeten uns erneut zum Tanzen. Es war schön, wieder jemanden zu haben, mit dem man was unternehmen konnte. Auch seine spezielle Art, ein wenig cool zu wirken, gefiel mir an ihm. Seine weit ausgeholten Schritte beim Tanzen zogen mich regelrecht hinterher und eigentlich war ich froh, daß Karl beim dritten Treffen eine Bergwanderung auf den Hochvogel im Allgäu vorschlug.

15. Die Bergwanderung

Es war inzwischen Herbst, aber das Wetter war angenehm warm an diesem Tag. Er holte mich von zuhause ab und wir fuhren schon bald in der Früh los, weil wir den Bus zum Hochvogel noch pünktlich erreichen wollten, der uns Vorort bis zum Wanderweg befördern sollte. Ich hatte feste Schuhe angezogen, die ich allerdings noch nicht sehr oft getragen hatte. Eine Jacke und ein Rucksack mit etwas Proviant hatte jeder von uns auch dabei. Karl hatte außerdem noch ein Messer, Verbandszeug und Sonnencreme eingesteckt. Wir fuhren bis zum Ende des Tals, wo eine Haltestelle für den Busverkehr angelegt war. Der Bus fuhr regelmäßig bis 17 Uhr fast jede Stunde des Tages hin und her und beförderte die Touristen vom Parkplatz des im Tal gelegenen Dorfes bis zum Einstieg in die Bergbahn oder alternativ zum Wanderweg auf den sehr beeindruckenden Berg, den „Hochvogel".
Wir kamen um 9.45 Uhr im Dorf an und parkten in der Nähe der Bushaltestelle. „Beeil dich, bitte. Der Bus kommt gleich um 10 Uhr!" bat mich Karl eindringlich. „Ja, klar!" gab ich zurück und hob meinen Rücksack auf die Schulter und wollte schon losgehen, als plötzlich ein Auto völlig überraschend mit überhöhtem Tempo kam.
" Vorsicht!" schrie Karl und hatte mich gerade noch rechtzeitig gewarnt, dass ich nach vorne springen

konnte und das ankommende Auto mich nicht erfassen konnte. Es war so schnell in die Parklücke neben uns geschossen, dass ich es nicht gleich gesehen hatte, weil mein Blick nach vorne gerichtet gewesen war. Da hatte ich nochmal Glück gehabt und bedankte mich überschwänglich bei Karl, der auch sehr froh war, dass mir nichts passiert war.
Wir eilten zur Bushaltestelle und kurz darauf fuhr auch schon der Bus heran, der uns zum Einstieg in den Wanderweg zum "Hochvogel" brachte. Nachdem wir ausgestiegen waren, schnallten wir unsere Rücksäcke auf unsere Rücken und machten uns an den Aufstieg des Berges. Zunächst war der Wanderweg noch nicht so anstrengend, denn es ging leicht bergauf. Karl fragte schon nach, ob ich das schon mal gemacht hätte und ob ich genügend Kondition hätte. Ich war tatsächlich noch nie vorher auf einen so hohen Berg von 1400 Höhenmetern gewandert und konnte auch meine Kondition nicht richtig einschätzen. Aber versuchen wollte ich es auf jeden Fall. Also stiegen wir stetig bergan und nach einer Weile hörte ich, wie Karl hörbar schwer schnaufen mußte und dass sich sein Rauchen beim Atmen bemerkbar machte. „Na, kannst noch?", fragte er in der Hoffnung auf eine Pause. „Ja, geht schon!" antwortete ich, weil ich mir auch keine Blöße geben wollte. Er riss sich zusammen und stieg weiter nach oben und so gelangten wir schrittweise und zügig zum Gipfel des „ Hochvogel". Wir hatten nur

ab und zu angehalten, um einen Schluck zu trinken. Ansonsten hatten wir uns keine Pause gegönnt. Das Panorama der umliegenden Berge war von dort oben überwältigend. Die Anstrengungen des Aufstiegs hatten sich gelohnt, denn vom Gipfel aus konnte man die Bergwelt bis ins österreichische Gebirge erblicken. Die Sonne hatte ihren Höchststand für diesen Tag schon überschritten, denn es war bereits kurz nach 14 Uhr, als wir schwitzend und glücklich auf dem Gipfel Brotzeit machten und auch ein paar Fotos von uns am Gipfelkreuz schossen. Es war für September noch ganz schön warm und dadurch, daß wir uns bei der Wanderung abgemüht hatten, empfanden wir die Temperatur als fast zu warm, ja heiß. Da es dort oben so schön war, genossen wir den Weitblick und Karl küsste mich , als ich neben ihm saß und ihn anlachte. Nach der Brotzeit rauchte er noch eine Zigarette und mußte feststellen, daß ich mich für die erste Bergwanderung gar nicht schlecht hielt. Ich war sehr stolz, daß er mich lobte und es brachte uns auch näher, dass er mir gute Seiten abgewinnen konnte.

Auch mir gefiel an ihm, daßs er sich in dieser Bergwelt schon ein wenig auskannte und ich mich auf ihn verlassen konnte. Wie sich später herausstellen sollte, war das sehr wichtig. Nach circa einer Dreiviertelstunde Pause setzen wir wieder die Rücksäcke auf unsere Schultern und er Abstieg begann. Nach einer weiteren halben Stunde

verdunkelte sich plötzlich der Himmel und ein Gewitter zog sich zusammen. Auf dem Wanderweg, der oben ziemlich steil war, waren ab und an Seile an den Wänden befestigt gewesen, so daß man sich mit einer Hand festhalten konnte. Weiter in der Mitte des Berges gab es das nicht mehr und es lag viel Geröll auf den Wegen, so daß man auf dem Weg nach unten wegrutsche. Es war nicht zu vermeiden, daß die Geröllbänke nachgaben und sich in Bewegung setzten. So war der Abstieg für mich als Anfänger im Bergsteigen sehr anstrengend und gefährlich, weil ich nicht sicher war, ob die Steine nachgaben oder nicht und Mühe hatte, bei so rutschigen Verhältnissen mein Gleichgewicht zu halten. Außerdem war ich konditionell an meine Grenze gelangt und konnte mich nur noch mit Mühe bergab bewegen, da ich durch das ständige Abbremsen meine Beinmuskulatur regelrecht überstrapazierte. So rutschte ich mehr auf den mit Geröll angehäuften Wegen und mußte immer wieder mal anhalten, weil meine Beine nicht mehr so recht mitmachten. Karl, der routinierter Bergsteiger war, machte das nicht so viel aus, ermahnte mich aber immer wieder zur Eile.
Plötzlich setzte auch noch Wind ein, gleich darauf blitzte und donnerte es und es begann heftig zu regnen. „Oh Gott“, betete ich, „lass uns heil unten ankommen“. Das Gewitter tat sein Übriges, um den Abstieg zum Tal noch gefährlicher zu machen. Ich hatte höllische Angst, daß einer von uns abstürzen

könnte, da durch den Regen das Geröll noch rutschiger und glitschiger wurde.
Da rief Karl plötzlich: „Paß auf, da kommt eine Mulde!“ Doch es war zu spät für mich. Ich glitt am Geröll aus und schlitterte in die Mulde mit meinem rechten Fuß, der zur Seite nachgab. Augenblicklich machte sich in meinem rechten Fuß ein Schmerz breit und ich stöhnte und mir wurde übel. Ich hatte mich am Fußknöchel verletzt, soviel stand fest. Da griff mir Karl unter Arm und stützte mich so gut es ging. Tröstend meinte er, daß es ja nicht mehr so weit bis zur Bushaltestelle sei, doch mir kam es vor, als ob es noch ewig dauern würde, ehe wir das Ziel erreicht hatten. So ging es mit uns beiden nur schrittweise und recht zögerlich voran. Das Regenwetter tat ein Übriges, um uns unsern Wanderurlaub zu vermiesen und als wir endlich total durchnässt und völlig erledigt an der Bushaltestelle ankamen, mußten wir feststellen, daß der letzte Bus uns vor unserer Nase sozusagen Schon seit zehn Minuten losgefahren sein musste. So ein Pech! „Was jetzt?“, sagte ich frustriert.
Wir standen pitschnass an der Bushaltestelle und dachten schon an den weiteren beschwerlichen Weg zu Fuß bis zum Dorf laufen zu müssen, als nach ein paar Minuten ein Wagen der Forstbehörde vor dem Bushäuschen hielt und uns fragte, ob wir mit ins Dorf fahren wollten. Karl erklärte, daß ich am Fußknöchel verletzt sei und wir gern mit ins Dorf

fahren würden und so hatten wir Glück im Unglück und wurden mitgenommen. In der Nähe des Parkplatzes humpelte ich dann an Karl gelehnt zu Karl`s Auto, wo wir dann schleunigst die Heimreise antraten.
Hungrig, müde, zerschlagen und durchnässt kamen wir nach einer weiteren Stunde Fahrt zuhause an.
Am nächsten Tag ging ich gleich zu einem Orthopäden, der eine schlimme Stauchung des Sprunggelenks und eine Überdehnung der Bänder am Knöchel bei mir diagnostizierte. Ich bekam eine Bandage am rechten Sprunggelenk und konnte mich vorläufig nur mit Krücken fortbewegen. Mit dem Tanzen und Bergsteigen war es vorläufig vorbei.
Vom Arzt wurde ich für zwei Wochen zunächst krankgeschrieben. In dieser Zeit konnte ich mich dann auf die theoretische Ausbildung konzentrieren und lernte fleißig die Ursachen, Diagnosen und Therapieansätze der Krankheiten, die uns Schwester Adelhild im Unterricht nahebrachte. Zu meiner und ihrer Freude schrieb ich dann auch in der folgenden Schulaufgabe eine Eins.

16. Der Skiausflug

Nach ein paar Wochen war der Knöchel wieder gut verheilt und stabil. Es war inzwischen auch kälter geworden und der Winter stand in den Startlöchern. In den Bergen schneite es schon, während in unserer Region ein ziemlich starker Regen und eisig kalter Wind das Wetter bestimmte.

In der Schule der angehenden Krankenschwestern, die aus 24 Mädchen zwischen 18 und 22 Jahren bestand, war die Stimmung vor dem Unterricht immer sehr angehoben und der Lärm von 24 Mädchen, die miteinander kommunizierten, war enorm. Sr. Adelhild`s Erscheinen in der Klasse ließ die Stimmen verstummen und die Autorität, die sie ausstrahlte, tat ein Übriges, um sämtliche private Gespräche zu Erlöschen zu bringen. Für meine Verhältnisse war das Gekicher und das Geplänkel der meisten Schülerinnen sowieso ungewohnt und völlig überzogen, weil ich in einer Jungenklasse im Gymnasium gewesen war und so viel Geschwätzigkeit und Getuschel wie es bei Mädchen in diesem Alter vorkam, nicht gewöhnt war. So waren natürlich Liebesgeschichten und „Wer mit wem geht“ der aktuellste Gesprächsstoff zwischen den Gören. Ich behielt meine Bekanntschaft mit Karl für mich, denn ich wollte nicht, dass über mich getratscht wurde.

Auch der demnächst geplante Skiausflug an meinem

freien Wochenende erwähnte ich vor den anderen Schülerinnen nicht. Der Ausflug war mit einer Übernachtung geplant und mir wurde ein bisschen mulmig, als ich daran dachte, mit Karl in einem Zimmer schlafen zu müssen, weil ich noch nie Sex mit einem jungen Mann gehabt hatte.
Ich packte meine schmutzigen Kleidungsstücke am Freitag nach dem Schulbesuch der Krankenschwesternschülerinnen in meinen Rucksack ein und fuhr mit dem Zug nach Hause. Am Bahnhof holte mich meine Mutter ab und wir fuhren heim. Dort angekommen, kramte ich meine Skisachen vom Speicher und überprüfte auch meine Ski, ob sie noch glatt genug für die Abfahrt waren. Ich hatte noch Skiwachs vom letzten Jahr gefunden und polierte sie vorsichtshalber nochmal ein. Handschuhe, Skibrille und wattierte Skihose legte ich in meine Reisetasche, den Anorak wollte ich zur Abreise gleich tragen, darum legte ich in die Diele – breit zur Abreise am nächsten Morgen um 6.30 Uhr. Karl war pünktlich am nächsten Tag zur Stelle und nachdem alles verstaut war, düsten wir Richtung Allgäu in freudiger Erwartung unseres Urlaubstrips los.
Das Wetter war zunächst winterlich und stürmisch. Als wir in Oberstdorf ankamen, schneite es, wie wenn Frau Holle die Betten schüttelte. Der Wind war auch recht stark und blies die Schneeflocken wild durcheinander. Unsere Backen wurden gleich rot vom kalten Wind, als wir vor unserem Hotel ausstiegen

und unsere vollgepackten Taschen ins Hotel schleiften und wir uns am Hotelcheck-in die Schlüssel für unser Zimmer aushändigen ließen. Inzwischen war es kurz nach 10 Uhr und wir zogen unsere Skihosen, Skischuhe und Rollpullover auf dem Hotelzimmer an, warfen unsere Anoraks über und gingen mit Handschuhe, Geld und Skibrille bewaffnet zurück zum Auto, um unsere Skier vom Autodach abzuschnallen. Zum Lift müssten wir noch ein kurzes Stück zu Fuß mit den Skiern auf dem Rücken gehen. Nachdem wir uns am vorderen Verkaufshäuschen zwei Liftkarten gekauft hatten, standen wir am Lift an. Wir schnallten uns die Skier an und stiegen gemeinsam lachend in den Lift, denn der Lift kam so schnell, dass ich ihn beinahe beim Einstieg verfehlte. Gerade noch kam ich zum Sitzen, bevor der Lift in die Höhe schnellte. Nochmal Glück gehabt! Das Schneegestöber hatte inzwischen aufgehört und die Sonne spitzelte zwischen den Wolken hervor, als wir vom Lift aufsprangen und die Bergwelt um uns herum bewunderten. Da es gerade erst gescheit hatte, lag ein weißer Schneeüberzug auf den befahrenen Pisten und wir genossen die Abfahrt in vollen Zügen. Es gab noch drei verschiedene Abfahrten und wir probierten alle nacheinander aus.
Wie sich herausstellte, war Karl ein ganz passabler Skifahrer und ich konnte mit meinen wenigen Erfahrungen gerade so mithalten, aber Hauptsache, dass wir Spaß hatten und keine Verletzung passierte.

So fuhr um 17 Uhr dann zum letzten Mal der Lift nach oben zur Bergspitze und wir hatten uns bis dahin auch genügend ausgetobt und einen Bärenhunger, als wir gegen 17.30 Uhr das Hotel erreichten und uns der Skischuhe endlich entledigen konnten. Nachdem wir uns frisch gemacht und umgezogen hatten, setzten wir uns ins Hotelrestaurant und bestellten heißhungrig Germknödel, die wir uns schmecken ließen. Dann bestellte sich Karl noch Bier, mir genügte ein Radler. Nachdem wir noch eine Flasche Rotwein bestellt hatten, die wir auf unser Zimmer mitnahmen, wollten wir endlich für uns allein sein.
Ich hatte inzwischen rote Bäckchen bekommen und Karl war auch etwas vom Bier angeheitert. Als wir auf dem Zimmer auch noch die Rotweinflasche köpften und uns dann zärtlich anblickten und küssten, war es um meinen Verstand geschehen. Ich ließ mich in die Arme von Karl sinken und er küsste mich sehr wild und leidenschaftlich, daß ich bis in meine Magengrube ein besonderes Prickeln verspürte und gleichzeitig doch etwas gehemmt und scheu vor zu viel Nähe zurückschreckte. Ein leidenschaftliches Fieber war zwischen uns entbrannt und mit den Worten:
„Es tut kaum weh!“ wollte mich Karl auf das vorbereiten, was gleich passieren würde. Er zog mich langsam aus und dann streife auch er seinen Pullover und Hose ab. Als er auch noch sein Unterhemd und

Unterhose auszog, fasste er in die Tasche seiner Hose, zog etwas kleines, kompaktes Viereckiges hervor, öffnete die Packung und streifte sich ein Kondom über seinen ziemlich erregten, langen Penis über. Ich glaube, ich wurde noch röter im Gesicht und die Anspannung und die Neugier, wie es sich anfühlen und was ich dabei fühlen würde, wurde zum Zerreißen. „ Vorsichtig!“ gebot ich ihm. „Klar doch! Ich paß auf!“ antwortete Karl.

Behutsam legte er sich auf mich, küsste mich auf den Mund, in den Nacken, berührte mich an meinen Brüsten und nagte sogar an einer der Brustspitzen, was ich ganz schon dreist empfand. Endlich spürte ich wie er etwas in mich eindrang, nicht stark, nur mit etwas Druck und nach ein paar Ruckelbewegungen war schon alles vorbei. „ Wie war`s?“ wollte Karl wissen. Im ersten Moment empfand ich Enttäuschung, aber das konnte ich ihm ja schlecht sagen. „Alles ok!“ antwortete ich knapp und drehte mich auf meine Bettseite, damit er meine Mimik nicht sehen konnte. Das hatte ich mir viel erotischer, prickelnder und berauschender vorgestellt. „War das das erste Mal für dich? Ich dachte es mir schon“, bemerkte er und zog eine Zigarette hervor, die er sich ansteckte. Ich war noch zu benommen und verwirrt, um auf seine Bemerkung zu reagieren und sagte nur: “Ich bin müde und möchte jetzt schlafen.“ So endete der Tag mit der Erkenntnis, dass Sex gar nicht so toll und berauschend ist wie man es in den Romanen liest.

Am nächsten Tag waren wir zum Frühstück wieder im Hotelrestaurant und genossen die frischen Semmeln, gekochtes Ei, Butter, Marmelade, Wurst, Käse und Kaffee mit Mich und Zucker in vollen Zügen. Sogar ein frisch gepresster Orangensaft wurde noch gereicht und gestärkt machten wir uns Danach nochmal zur Piste auf. Der Tag begann mit Sonnenschein, doch am Nachmittag trübte es etwas ein und es begann wieder zuschneien. Wir beendeten unsere Skitour um circa 16.00Uhr, zogen uns um und checkten vom Hotel aus und fuhren um eine Erfahrung reicher nach Hause.
Abends um 19.30 Uhr fuhr ich mit dem Zug wieder zu meinem Ausbildungsort zurück, um am nächsten Morgen wieder meinen Dienst auf Station zu anzutreten.

17. Die Reise nach Paris

Wir sahen uns nur an den Wochenenden, an denen wir beide zeitgleich frei hatten. Daher freuten wir uns besonders auf unseren gemeinsam geplanten Urlaub, der Anfang April von unseren beiden Arbeitgebern zugesagt worden war.
Nach zahlreichen Arbeitswochen und ziemlich viel Büffeln des Lehrstoffs von unzähligen Krankheiten packten wir unsere Koffer, um mit dem Zug nach Paris zu fahren und ein paar Tage Urlaub zu genießen. Nach einer siebenstündigen Reise, bei der wir drei Mal umgestiegen waren, hatten wir unser Urlaubsziel schließlich erreicht und in Paris angekommen, schlenderten wir vom Bahnhof auf ein Taxi zu, das uns zum Hotel bringen sollte.
Wir stiegen ins Auto, Karl gab den Namen des Hotels an und die Fahrt ging los. Das kleine wendige Taxi stromerte kreuz und quer durch das Verkehrschaos um einen großen Brunnen, der als Aushängeschild mit seiner prunkvollen, eisenbeschlagenen Verzierung mitten auf dem Platz stand, um den die Autos in einem Affenzahn so schnell um die Runde flitzten, dass mir ganz Angst und bange wurde, ob wir überhaupt heil an unserem gebuchten Hotel ankommen würden. Nachdem wir den ersten Schock dieser Schreckensfahrt überstanden hatten, lenkte der Taxifahrer seinen Wagen in die Kurven dermaßen schnell, dass eine Seite des Wagens höher als die

andere lag und wir von einer Seite zur nächsten hin- und herrutschten bis das Taxi abrupt mit einer Vollbremsung vor unserem Hotel zum Stehen kam. Innerlich machte ich ein Kreuz, dass wir keinen Unfall verursacht hatten und heil und unversehrt diese Höllenfahrt überstanden hatten. Karl ging es wohl ähnlich, doch zeigte er dies nicht, sondern versuchte Ruhe zu bewahren.
Nachdem wir an der Rezeption unsere Schlüssel ausgehändigt bekommen hatten und wir uns zuvor mit unseren Reisepässen ausgewiesen hatten, konnten wir endlich auf unser gebuchtes Zimmer gehen, unsere Koffer auspacken und uns frisch machen. Auch für kleine Zärtlichkeiten war Zeit und wir küssten uns stürmisch und ich hatte die leise Vorahnung, dass wir uns auch in den nächsten Tagen ziemlich nahe kommen würden. Ich lächelte in mich hinein, dachte sehnsuchtsvoll an wilde Nächte und hungrige Küsse und bekam ein inneres Prickeln, wenn ich an Karl und seine Berührungen dachte.

Wir verließen dann entspannt das Hotel und machten uns zu Fuß auf, um ein Restaurant zu finden, in dem es sich fein essen ließ. Wir schlenderten durch die Gassen und fanden ein paar Straßen weiter ein kleines Restaurant, das nach hinten einen Biergarten mit Laube im Freien hatte. Dort kehrten wir schließlich ein und ließen uns vom Kellner die Speisekarte bringen. Da ich kein Französisch konnte, überließ ich

Karl die Auswahl der Gerichte. Dieser bestellte und alsbald wurde uns der bestellte Wein serviert. Auf das Essen mußten wir mehr als eine Stunde warten, bis der Kellner uns schließlich ein Gericht auf den Tisch stellte, das mir Rätsel aufgab. Karl sagte ganz nebenbei:" Probiere einfach!" und ich ließ es mir schmecken. Ich nahm mir Kartoffeln, Salat und das etwas bräunlich-graue Etwas und kostete von allem. „Was ist das eigentlich, was so bräunlich-grau gegart ist?" wollte ich von Karl wissen, nachdem fast der ganze Topf leer war. Karl fing an zu schmunzeln und sagte: „Na, wie hat es dir geschmeckt?" „Jetzt sag schon, was war das für ein Fleisch?" drängte ich neugierig. „Tja, um das Geheimnis zu lösen: das waren Schnecken", lachte Karl. Mir wurde ganz anders. In meinem Magen zog sich alles zusammen und auf einmal wurde mein Gesicht blass und grünlich. Plötzlich stand ich auf und lief auf die Toilette, weil ich den Verdacht hatte, dass ich mich gleich übergeben müsste. Ich würgte, weil ich bildlich vor Augen hatte, daß die armen Weinbergschnecken mit ihrem glitschigen Untergrund in meinem Magen weiterkriechen würden und plötzlich landete ein ganzer Schwall halbverdaute Essensreste in der Toilettenschüssel, die ich sofort spülte, um mir den Geruch und Gestank meines Erbrochenen fernzuhalten. Nachdem ich mich frisch gemacht hatte, ging ich wie in Trance auf meinen Platz zurück und nahm einen letzten Schluck vom Wein, um alles herunterzuspülen und zu vergessen, was ich gegessen hatte. So endete unser erster Abend in Paris, aber wir hatten ja die Nacht noch vor uns. Welche Überraschungen würden noch auf mich zukommen?

18. Unser Urlaub

Nachdem wir unsere Zeche bezahlt hatten, hatte es plötzlich Karl ziemlich eilig, wieder auf unser Zimmer zu kommen. Ich erholte mich ziemlich schnell wieder von meinem Unwohlsein, nachdem ich meinen Mageninhalt entleert hatte und so liebten wir uns noch leidenschaftlich in jener Nacht. Der Sex mit Karl wurde von mal zu mal erotischer, aufregender und auch gefährlicher, denn er wollte nicht jedes Mal ein Kondom benutzen und ich weigerte mich, die Pille zu schlucken aus gesundheitlichen Gründen, denn viele Frauen bekamen Brustkrebs Jahre später und das als Folge von der Einnahme der Pille. Wir einigten uns darauf, dass an den fruchtbaren Tagen, vom 8.bis 16.Tag nach meiner Periode ein Kondom benutzt wurde, ansonsten nicht. Ich muß jedoch gestehen, daß ich jedes Mal heilfroh war, wenn die Periode wieder einsetzte, denn in der Ausbildung ein Kind zu bekommen, war nicht geplant.
So genossen wir uns gegenseitig, standen spät zum Frühstück auf und bummelten in der Stadt. Es ging sehr viele Stufen zum „Sacre Coer“ hinauf, einem sehr imposanten Gebäude aus früherem Jahrhundert . Vor diesem standen sehr viele Künstler und boten ihre Waren feil. Ein besonders engagierter Maler porträtierte mich mit einem Kohlestift auf grauem Papier und wollte gleich hundert Mark dafür. Ich wollte es ablehnen, doch Karl drängte mich zum

Kauf und so nahm ich das Porträt von mir an, fand aber daß der Künstler mich nicht so recht getroffen hatte und fand den Preis ziemlich überzogen. Genauso ging es mir mittags in dem Restaurant, in dem ich Cordon bleu für 25 Mark bestellte. Ich fand das ziemlich teuer, doch Paris war in allem ein sehr teures Pflaster und ich wollte uns den Urlaub nicht mit Sparsamkeitsthesen vermiesen, so daß ich mir das Essen munden ließ und bei der Bezahlung noch ein ordentliches Trinkgeld hinterließ. Wir besuchten auch Kunstmuseen und schlenderten in den Einkaufsstraßen. Abends konnten wir ein Lichtermeer über der Stadt leuchten sehen, das von unserem Hotelzimmer aus zu sehen war, das wir nie zuvor so faszinierend gefunden hatten als in Paris, der Stadt der Liebe.
Am letzten Abend gingen wir nochmal in die Stadt, nachdem wir vorher schon so ziemlich alles zusammengepackt hatten, um am nächsten Tag dann in der Früh abzureisen. In jener Nacht lagen wir uns in den Armen und liebten uns unersättlich und leidenschaftlich und schliefen erst spät ein, so daß wir am nächsten Morgen ziemlich verschlafen waren, als uns der Wecker aus dem Schlaf riss. Doch wir hatten die Rückfahrt mit dem Zug für diesen Tag geplant und mußsten uns wegen der Fahrkarte, die auf diesen Tag ausgestellt war auch daran halten. Nachdem wir uns frisch gemacht hatten, den Rest in unsere Koffer und Rucksäcke verstaut hatten,

bestellten wir für 8.30 Uhr ein Taxi zum Bahnhof, der doch ein paar Kilometer vom Hotel entfernt lag. Wir hatten noch ungefähr eine halbe Stunde für unser Frühstück im Hotel, das als Buffet aufgebaut war und wir selbst zusammenstellen konnten. Wir genossen den letzten Urlaubstag und küssten uns von Zeit zu Zeit wie ein verheiratetes Ehepaar, das auf Flitterwochen war. Es war eine sorglose, intime und wunderschöne Zeit und der Abschied von Paris fiel uns schwer. Für die Zugfahrt hatten wir etwas Brot und Wurst am Vortag gekauft, was wir uns während der siebenstündigen Fahrt von Frankreich nach Deutschland redlich teilten.

Glücklich streichelten wir uns hin und wieder und zärtlich nahm mich Karl im Zug in die Arme und küsste mich. Ich war unbeschwert und unglaublich glücklich, auch wenn wir nur vier Tage zusammen waren. Die Landschaft flog an uns draußen vor dem Zugfenster vorbei und ließ uns noch für ein paar Momente den Alltag vergessen, bis wir in unseren Zielbahnhof Ulm angelangt waren. Von dort fuhren wir mit Karls Auto, das er in der Nähe des Bahnhofs geparkt hatte, nach Hause zu meinen Eltern, die uns freudig willkommen hießen. Wir erzählten ihnen von unserer Urlaubsreise nur die irrsinnige Taxifahrt , von den Sehenswürdigkeiten von Paris und dem teuren Essen, Privates oder gar Intimes klammerten wir in unserem Bericht aus. Allerdings vom Schnecken-essen wurde noch lange gelacht.

Ich packte noch meinen Koffer aus und nahm notwendige Kleidungsstücke wieder mit an meinen Ausbildungsort, denn am nächsten Morgen mußte ich als Krankenschwesternschülerin wieder in den Unterricht und hatte erst wieder in drei Wochen am Wochenende frei. Allmählich gewöhnte ich mich an diesen Rhythmus, doch wollte ich Karl bald wiedersehen. Er versprach mir, mich mal am Schülerinnenwohnheim abzuholen, damit wir mal ins Kino gehen konnten und uns wieder mal sehen konnten. Karl war schon ganz nett, nur manchmal etwas schlampig, ließ zum Beispiel mal sein Hemd einseitig aus der Hose hängen oder hatte seinen Reißverschluss an der Hose nur halb geschlossen. Was mich aber noch mehr störte war, dass er unentwegt eine Zigarette nach der anderen rauchte und sein Atem nach Zigaretten roch. Ich überlegte, wie ich ihn entwöhnen könnte. Da hatte ich eine prima Idee. Beim nächsten Urlaub würde ich ihm einen Vorschlag machen, damit er allmählich weniger rauchen würde. Bis dahin wollte ich mich noch zurückhalten und vorerst nichts anprangern.

19. Arbeit und Schule

Die Arbeit auf der Männerstation machte Spaß, war aber auch ganz schön stressig, wenn man bedachte, dass bis zu 50 kranke Männer auf Station waren, die alle nacheinander in einem einzigen großen Badezimmer geduscht oder gewaschen wurden. Es gab einen Badeplan, an den sich das Personal strikt zu halten hatte und der immer wieder namentlich aktualisiert wurde, damit auch keiner der Patienten vernachlässigt wurde und immer je nach Zu- oder Abgang die neuesten Namen auf der Badeliste standen. Anfangs war es für mich als junge Frau schon gewöhnungsbedürftig, einen erwachsenen Mann zu entkleiden, zu duschen oder zu waschen, aber es war der besondere Umstand, daß diese Männer meine Hilfe benötigten und da war die Schamhaftigkeit bei Patient und Personal nicht angesagt. So gewöhnte ich mich allmählich an den Umstand, nackte Männer zu versorgen und kranken Menschen zu helfen. Unsere Stationsschwester war ein Unikum von altem Drachen und hieß Schwester Consuela. Sie war manchmal nett, konnte aber, wenn ihr was nicht passte oder der Oberarzt Dr. Ludwig eine Kritik anbrachte, auch ganz schön hitzig reagieren. Wenn wir unsere Schicht beendet hatten und die Zeit längst überschritten war, mußten wir uns bei Schwester Consuela abmelden und fragen, ob wir gehen dürfen. Wenn ihr allerdings vorher eine Laus über die Leber gelaufen war und sie schlechte Laune hatte, konnte es durchaus sein, daß sie noch eine Arbeit delegierte, obwohl wir bereits frei hatten. Ein anderes Mal schimpfte sie wie ein Rohrspatz, daß wir nur zusammen zu ihr gingen, um nach ihrer Zustimmung zum Feierabend zu fragen. Wenn dann am Monatsende die Geldgeschenke unter uns Schwestern und Schülerinnen verteilt wurden, stellte sich heraus, dass sie keinen von uns vergessen hatte und jeder in gleichen Maße an Geld geschenkt bekam, das von den Patienten bei der Entlassung gespendet worden war. Ich erinnere mich heute noch an einen ganz speziellen Vorfall auf der Männerstation, den ich mein ganzes Leben nie vergessen werde, weil ich mir damals geschworen habe, nie mit dem Rauchen anzufangen.

Es war an einem Freitag im August 1991, als ein Patient nach mir Alarm klingelte. In diesem Männerzimmer waren vier Patienten, einer hatte Alarm geschlagen, weil ein Mann im Zimmer ganz plötzlich zu röcheln begonnen hatte. Ich verständigte sofort Schwester Consuela, die sofort mit mir ins Zimmer kam und die drei übrigen Patienten aus dem Zimmer schickte. Sie begutachtete mit mir den vierten Patienten, der an einem Lungenkarzinom litt und erklärte mir, daß er schon Leichenflecken an Armen und Beinen hatte. Außerdem lief ihm dunkles Sekret aus Nase, Mund und Ohren. Ich war dermaßen entsetzt, einen Menschen so enden zu sehen, daß ich mir damals schwor, nie eine Zigarette in den Mund zu nehmen, denn dieser Mensch hatte bis zu seinem 49. Lebensjahr geraucht und das Karzinom war aufgrund das Rauchens entstanden und hatte ihn zugrunde gerichtet. Er starb noch am gleichen Tag und das war für mich ein einschneidendes Erlebnis. Dieses Erlebnis nahm ich als Anlass, Karl auf die Dringlichkeit, mit dem Rauchen aufzuhören, hinzuweisen. So nahm ich mir vor, Karl von der Zigarettensucht zu befreien oder zumindest den Konsum derselben einzuschränken.

Nachdem ich ungefähr drei Monate auf der Männerstation meinen Dienst absolviert hatte, wurden die Schwesternschülerinnen auf andere Stationen versetzt. Ich landete in der Bäderabteilung, die im Kellergeschoss des Krankenhauses untergebracht war. Schwester Brunata, die ebenfalls Klosterfrau war, war klein von Statur, aber sehr drahtig und fegte schon in aller Früh durch die Bäderabteilung, um möglichst allen Terminen der zu behandelnden Patienten gerecht zu werden.

Auch mir gab sie regelmäßig Instruktionen, wann ich ein Bad mit speziellen Essenzen einlassen durfte, oder ein Patient einen „Kneipp`schen Guss“ verabreicht bekam. So ein Kneipp`scher Guss hatte es in sich, denn mit einem Wasserschlauch wurde der Patient von hinten von der Ferse bis über die Kniekehle langsam mit sehr kaltem Wasser bespritzt und das ein paar Mal hintereinander, so dass die Durchblutung der Beine sehr stark angeregt wurde. Sr Brunata war in dieser Hinsicht eine sehr gute Lehrmeisterin und unterwies mich schnell und sachkundig. Ich war eine gelehrige Schülerin und nachdem ich meine Scheu vor nackten Menschen überwunden hatte und mir das Zutrauen der meisten Patienten sicher war, war ich gern in der Bäderabteilung und mit der Zeit wurde ich auch ziemlich sicher und selbständig. Bevor ich dann nach zweieinhalb Monaten wieder versetzt wurde, schenkte ich Sr. Brunata eines meiner selbst angefertigten Landschafts-Aquarelle, womit ich Schwester Brunata eine sehr große Freude machte, denn sie hatte selbst nur zehn Mark pro Monat als Taschengeld vom Orden der Franziskanerinnen zur Verfügung, so daß ein Geschenk wie mein Bild doppelt gut ankam, weil sie sich nicht viel leisten konnte.

Ich durchlief noch mehrere Abteilungen im alten Krankenhaus, bevor das ganze Personal dann nach eineinhalb Jahren mitten in der Lehrzeit ins neue Krankenhaus umzog. Als arbeitsame Schülerinnen hatten alle alte Kleidung angezogen und müssten im neuen Krankenhaus alles putzen, damit der Tag für die Besucher stattfinden konnte, waren aber stattdessen dann an diesen 2 Tagen vom Unterricht befreit.
Damals putzte ich auch im OP, den ich damals zum ersten Mal von innen sah. Ich ahnte da noch nicht,

daß das einmal nach meiner Ausbildung mein Arbeitsplatz sein würde. Ich wollte damals unbedingt erst mal die Ausbildung bestehen, damit ich einen Beruf hatte, nachdem ich die Lehre in der Kirchenmalerei ja nach eineinhalb Jahren vorzeitig beendet hatte. In anstrengenden Wochenendschichten, wo wir oft zwei Mal am Tag geteilt arbeiten müßten und sehr strengem Unterricht jede zweite Woche durchliefen 24 Auszubildende in der Krankenpflege ihre drei-jährige Ausbildung und ein stetig erhobener Zeigefinger mit Ermahnung für bessere Noten war das Markenzeichen unserer strengen Unterrichtsschwester, die mir stets ein Vorbild an Mustergültigkeit und Pflichtbewusstsein war. Sie ereilte später ein sehr tragisches Schicksal: sie bekam Knochenkrebs und wurde nur 50 Jahre alt.
Meine Ausbildung als Krankenschwester beendete ich im September 1990 mit der Note „zwei" im schriftlichen , mündlichen und praktischen Teil unserer Prüfung, was mich stolz und glücklich machte nach einer Zeit, in der die Nerven und die Anspannung vor der Prüfung blank gelegen waren. Ich dachte, daß ich es jetzt geschafft hatte und ich bekam sogar eine Anstellung im neuen Krankenhaus im OP-Bereich. Dort war aller Anfang sehr schwer, weil ich trotz der ganzen Büffelei zu meiner Prüfung eigentlich ganz von vorn zu lernen anfangen müsste. Die Abläufe im OP waren völlig anders als auf Station, so daß ich mich erst mal orientieren mußte,

was für neue Aufgaben und Örtlichkeiten es im OP gab und wo auch die verschiedenen Instrumente zur OP gelagert und zu den verschiedenen Operationen ausgesucht und steril bereitgestellt werden mußten. Am Anfang war man sowieso nur als „Springer“ tätig und reichte Handschuhe, Instrumente der Operationsschwester steril weiter, damit ein reibungsloser, hygienischer Ablauf der OP gewährleistet war. Meine Kolleginnen waren von vornherein gegen mich eingenommen, denn sie erklärten mir fast nichts , sondern forderten von mir Perfektionismus und Schnelligkeit, doch ich war unsicher und konnte manches nicht gleich finden, was von mir verlangt wurde und geriet immer mehr unter Druck. Sie rollten mit den Augen, wenn sie was an mir auszusetzen hatten und sahen sich entnervt an und ich merkte bald, daß sie mich nicht leiden konnten und mit ihrem Verhalten eine gewisse Überlegenheit demonstrieren wollten - kurz: sie mobbten mich bei jeder sich bietenden Gelegenheit und ich hatte bald keine Lust mehr nach getaner Arbeit mit ihnen zusammenzusitzen, sondern putzte lieber mit dem Zivildienstleistenden schmutzige Betten als daß ich mich zu ihnen dazu setzen wollte. Vor lauter ungerechter Verhöhnungen heulte ich mich des öfteren bei dem Portier des Krankenhauses aus und beantragte auch eine Versetzung aus dem OP, aber dies wurde leider von der damaligen Pflegedienstleitung nicht genehmigt. Also verharrte ich weiterhin im OP. Meine Wohnung hatte ich gleich in der Nähe und mußte nur über den Garten des Krankenhauses hüpfen, dann war ich schon zuhause.

20. Berlin

Nachdem ich meine neue kleine Wohnung bezogen hatte, fühlte ich mich wohler und vor allem nicht mehr kontrolliert durch Sr. Adelhild. Karl besuchte mich so oft ihm es seine Ausbildung zum Erzieher zeitlich erlaubte, aber auch Fr. Weishaupt duldete keine Herrenbesuche auf meinem Zimmer, sodass wir uns immer im Auto von Karl näher kamen. Wir parkten natürlich auf abgelegenen Wegen und vor lauter Leidenschaft schwitzte sogar das Auto und beschlug sich von innen. Wenn ein Beobachter uns in dieser Ekstase im Auto zugesehen hätte, hätte er vermutlich im schaukelnden Wagen zwei Liebende vermutet, die sich voll austobten. Dementsprechend achtete ich sorgfältig auf meine fruchtbaren und unfruchtbaren Tage und schrieb genauestens auf, wann meine Periode einsetzte, denn der Zeitraum vom 8. Bis 16. Tag nach der Periode galt als fruchtbar und ich wollte und durfte vorläufig, solange ich noch in Ausbildung war auf keinen Fall ein Kind bekommen. Natürlich verzögerte sich oft meine Menstruation um ein oder zwei Tage oder setzte früher ein, was mir hin und wieder schon einen ganz schönen Schrecken bereitete.

Aber die Zeit mit Karl war schön und ich wollte auch mit ihm zusammen sein, nicht als alte Jungfer enden. So planten wir nach unserem Urlaub in Paris eine

zweite Reise mit dem Zug nach Berlin. Zu der Zeit war in Berlin ein Ausnahmezustand, denn viele Studenten und Demonstranten wollten Berlin wieder zu einer Stadt machen, die zwei getrennten Stadtteile zusammenbringen. Nach dem zweiten Weltkrieg wurde durch die Erbauung der Mauer Berlin in zwei Hälfen getrennt und es entstand die DDR. Der russische Präsident Gorbatschow, der mit dem damaligen Außenminister Genscher eine friedliche Lösung der Wiedervereinigung von BRD und DDR anstrebte, setzte sich in diesen Tagen verstärkt für eine friedliche Lösung dieses inzwischen großen Problems ein, da auf Seiten der DDR ja bei den Grenzübergängen immer noch scharf geschossen wurde und es deswegen sehr gefährlich war, die DDR zu verlassen oder dort zu demonstrieren. So war diese Zugreise von diesen Unruhen und Demonstrationen überschattet.
Wir fuhren dann letztendlich im Januar, da wir beide nicht anders Urlaub bekommen hatten. Auf der Hinreise nach Berlin war der Zug, je weiter wir uns Berlin näherten, schon ziemlich voll, dass wir um einen Sitzplatz kämpfen mußten, aber wir hatten Glück. Jeder von uns konnte bequem reisen, doch als wir umsteigen mußten, ging der Kampf um einen Sitzplatz weiter. Wir ließen uns unsere gute Laune nicht vermiesen und scherzten, redeten miteinander und machten zwischendurch auch Brotzeit, indem wir unsern Rucksack fast vollständig plünderten. So

wurde uns die Fahrt nicht lang und wir gelangten nach Berlin nach fast achtstündiger Zugfahrt mit kleinen Wartezeiten an den Bahnsteigen, an denen wir umgestiegen waren.
Berlin, endlich! Die Stadt war faszinierend. Es gab viele alte großartige Fassaden und daneben war ein völlig neuer moderner Baukomplex entstanden. Die vielen Schaufenster, die Lichter bei Nacht, das kulturelle Angebot von Konzerten, Opernbesuchen oder Festivals war riesig. Außerdem wollten wir ja auch zu der berühmten Mauer von Berlin, wo jeder sich ein paar Brocken abklopfte, um diese als Andenken mit nach Hause zu nehmen.
Ursprünglich wollten wir in ein billiges Hotel oder in eine Jugendherberge ziehen, aber das war bei so vielen Besuchern, die die Hotels bis an ihre Grenzen brachten, gar nicht so leicht. Wir versuchten zunächst an der Information für Touristen ein Zimmer zu ergattern, aber wir wurden vertröstet, daß nichts mehr viel frei wäre. So gelangten wir schließlich über Nachfragen bei Passanten an die Information, daß in einem Haus der Jugend noch ein paar Schlafplätze frei waren.
Wir schauten auf der Karte der Stadt nach, wo das „Haus der Jugend“ lag und konnten dann mit der Straßenbahn ein Stück stadtauswärts fahren, wo das „Haus der Jugend“ lag. Erschöpft vom Schleppen unseres Gepäcks und weil wir inzwischen schon 14 Stunden auf den Beinen waren, kamen wir um 22 Uhr

endlich am „Haus der Jugend“ an und hatten sogar noch Glück, weil wir zwei Einzelbetten ergattern konnten. Todmüde fielen wir wie Steine ins Bett, nachdem wir unser Gepäck verstaut und wir uns unserer Kleidung entledigt hatten. Trotzdem hatte ich mir ein Nachthemd mit einem festen Baumwollstoff für die Nacht angezogen, aber ich fror an meinen Füßen und konnte vor lauter Aufregung erst viel später einschlafen.
Wir hofften, dass das Wetter milder werden würde, aber der Januar war in diesem Winter sehr kalt und hin und wieder schneite es in kleinen, weißen Flocken vom Himmel, aber der Schnee blieb nicht liegen, da die Stadt sehr belebt war.

Auch an der Mauer, die Westdeutschland von der DDR trennte, also das geteilte Berlin in eine Ost- und Westseite trennte, war viel los. Als wir dort ankamen, tummelten sich neben und auf der Mauer so viele Schaulustige und Neugierige, daß man nur mit Mühe vorwärtskam. Natürlich hoben wir auch einen Gesteinsbrocken der berühmten Mauer auf, aber es würde nur unser Gepäck beschweren und so nahmen wir ihn doch nicht mit. Viele andere Besucher der Mauer nahmen sich jedoch Bruchstücke der Mauer als Andenken mit nach Hause.
Nach dem Mauerfall feierten viele in Berlin die Initiative und das politische Vorgehen von Außenminister Genscher und lobten das

Verhandlungsgeschick, das dieser und Präsident Gorbatschow an jenem glorreichen Tag zuwege gebracht hatten. Durch die Studentenunruhen und Demonstrationen ausgelöst, war es friedlich zur Wiedervereinigung Deutschlands gekommen. Wir hielten uns noch eine Zeit lang in der Nähe der Mauer auf und schossen Fotos. Danach schlenderten wir durch die Stadt, schauten uns alles in Ruhe an und gingen auch in das ein oder andere Lokal. Dort war manchmal sogar Livemusik geboten, so daß wir kulturell voll auf unsere Kosten kamen. Die Herberge im „Haus der Jugend“ erwies sich im Nachhinein als absoluter Glücksgriff, da durch die Studentendemonstrationen, das Sicherheitsaufgebot der Polizei und das öffentliche Interesse die Hotels der Stadt völlig ausgebucht waren und diese an ihre Grenzen stießen.
Wir genossen ein paar unbeschwerte Tage in Berlin, an denen wir nicht an unsere Alltagsprobleme dachten und fuhren dann nach 4 Tagen wieder mit dem Zug von Berlin nach Ulm, wo Karl seinen Wagen geparkt hatte. Auf der Rückfahrt war der Zug dermaßen überbelegt, daß die Leute auf ihren Koffern im Gang Platz nahmen und mit der Stirn, die auf einem Handschuh am Fenster lag, einschliefen und so den Rest der Zugfahrt in sitzender, schlafender Position verbrachten.
Zuerst mußten wir auch eine ganze Weile im Gang des Zugabteils stehen, bis dann ein paar Fahrgäste

ausstiegen und wir uns endlich einen Sitzplatz im Zug ergattern konnten. Die größte Strecke konnten wir im Schnellzug verweilen, am Schluss mußten wir dann noch ein paar Mal umsteigen, um zum Zielbahnhof zu gelangen. Ab Ulm konnten wir dann bequem mit dem Auto heimfahren.

21. Stress

Nachdem wir von Berlin wieder im Arbeitsalltag angekommen waren, begann auch sogleich der Stress mit Lernen für die Schulaufgaben und auch der Pflege und Unterstützung auf Station. Diesmal landete ich auf der Urologie, einer Station, die ausnahmsweise in der kirchlichen Institution, in einem von Nonnen des Franziskanerordens geführtem Krankenhaus, ein Mann mit Namen Max die Stationsleitung innehatte. Max war ungefähr Anfang 40, von mittelgroßer Statur und hatte volles dunkelbraunes Haar und einen Vollbart. Er war relativ umgänglich, jedoch von seinen Kolleginnen umschwärmt, so daß er mir weniger Aufmerksamkeit schenkte und ich als Schülerin im ersten Kurs natürlich die niedrigen Arbeiten verrichten durfte. Auf der Urologie lagen vorwiegend ältere Männer, zum Beispiel mit Prostata-Krebs oder Harnproblemen. Zumeist hatten sie auch Katheter, die es zu entleeren galt oder es war Grundpflege angesagt bei denen, die frisch operiert oder bettlägerig waren.

Die Station war nicht allzu groß und überschaubar, da meist nicht mehr als 20 bis 25 Patienten stationär aufgenommen werden konnten. Allerdings war ich die einzige Schülerin vom ersten Kurs, die eben für den Fäkalienraum, Schüsseln und Bettpfannen reinigen und Betten putzen verantwortlich war. Sogar die kleinen Räder am Bettgestell wurden noch blankpoliert und je mehr Neuzugänge auf Station eintrudelten, desto stressiger wurde es mit Betten putzen neu beziehen. Für die Aufnahmeformulare war eine examinierte Schwester verantwortlich, das durfte ich leider nicht machen. Auch Spritzen geben durften wir im 1. Kurs nicht, denn das zählte zu den höher priviligierteren Aufgaben übergeordneter Schwestern. Ich freute mich jedes Mal auf meine Pausen beim Frühdienst, die uns Schülerinnen zustanden, denn im Kellergeschoss gab es einen Gruppenraum mit Essensausgabe. Zum Frühstück gab es immer wundervoll duftende Semmeln mit Butter und Marmelade und eine Tasse Kaffee oder Tee, je nach Belieben. Als Beilagen gab es sogar manchmal Wurst oder Käse dazu. Nur am Sonntag gab es statt Semmeln immer zwei Scheiben Hefezopf, aber das war auch sehr schmackhaft. Wir mußten allerdings pünktlich wieder nach einer halben Stunde Pause zurück auf unserer Station erscheinen, sonst gab es Ärger mit den Vorgesetzten.

Wenn dies doch mal vorkam, mußte die Zeit am Schluss angehängt werden, also man mußte länger arbeiten. Das wollte natürlich jeder vermeiden. Wenn die Frühschicht, die meist um 6 Uhr morgens anfing, schon sehr anstrengend war, waren wir gezwungen, danach auf unsere Schulaufgaben zu lernen, um dann abends wieder ab 16 Uhr nochmal zum geteilten Dienst für zwei oder drei Stunden zu arbeiten. Am

Abend war ich oft echt gestresst und auch körperlich total am Ende. Meine Füße schmerzten vom vielen Laufen und müde und kaputt ging ich meist früh schlafen, denn der nächste Tag konnte genauso anstrengend werden.
An den Schultagen waren 24 Mädchen in einer Klasse vereint und dementsprechend laut und schrill war das Geplapper und Gezwitscher. Der Tratsch, wer wen zum Freund hatte und ob diese Freundschaft lange halten würde, nahm bei den meisten meiner Kolleginnen kein Ende. Mir ging dies eher auf die Nerven, weil ich immer in einer Bubenklasse war und so viel Gequatsche gar nicht gewohnt war. Ich verhielt mich ruhig und sprach nicht über meine Freundschaft zu Karl, weil das wieder starken Diskussionsstoff geboten hätte. Also hielt ich mich zurück und arbeitete folgsam und lernte auf meine Schularbeiten, denn ich wollte unbedingt erfolgreich abschließen. Schon mein Handycap mit meiner psychischen Erkrankung reichte aus, um zu versagen, also strengte ich mich umso mehr an, denn ich konnte und durfte mir keine Auffälligkeiten leisten, sonst würde ich den Abschluss nicht schaffen. Weiterhin nahm ich meine vom Psychiater verschriebenen Tropfen ein, um den Stress des Alltags und meine Erkrankung zu ertragen und tröstete mich damit, daß eines Tages alles gut werden würde. Aber niemand vertraute ich mich an, denn wenn das jemand wüßte, würde ich gehen müssen, so dachte ich.

So verging auch die Zeit auf der Urologie. Inzwischen war es Mai geworden und ich arbeitete jetzt auf einer chirurgischen Station, die sich im ersten Stock des Krankenhauses befand. Ich hatte oft geteilten Dienst, sehr stressig und anstrengend zugleich. Die Dienstpläne schrieb Schwester Marlene, die zuständige Stationsschwester. Sie war sehr jung und agil, drahtig und hatte schwarzes, kurz geschnittenes Haar, das sie unter der Haube versteckte. Sie hatte einen klaren, durchdringenden Blick und nahm kein Blatt vor den Mund, sprich: sie hatte Haare auf den Zähnen. Als ich von meinen Mitschülerinnen in den höheren Kursen erfuhr, daß sie aus verschmähter Liebe ins Kloster eingetreten war, hatte ich sogar etwas Mitleid mit Schwester Marlene.
Die Zeit auf der Chirurgie bei Schwester Marlene verflog wie im Nu, auch wenn es manchmal nicht so prickelnd war, immer früh aufzustehen, um zum Frühdienst rechtzeitig anzutreten. Im Großen und Ganzen schlug ich mich tapfer durch und bekam auch manchmal das Lob zufriedener Patienten zu spüren, die uns Schwestern am Schluss oft mit einem Geldgeschenk belohnten. Wir mußten alle Geschenke bei der Stationsleitung abgeben und dann wurde jeden Monat das Geld unter uns Schwestern aufgeteilt. Das war gerecht, dagegen konnte man nichts einwenden.

22. Am Grüntensee

Mittlerweile wurde es Frühjahr und man konnte wieder die ersten warmen Tage an der Sonne genießen. Also beschloss Karl an einem freien Wochenende, mich zum Grüntensee zum Segeln einzuladen. Seine Eltern besaßen dort einen Wohnwagen und ein Segelboot, das wir benutzen durften.

Frohen Mutes packte ich alles ein, was zu einem Segelausflug notwendig war: Wetterfeste Kleidung, paar Klamotten zum Wechseln, rutschfeste Turnschuhe und natürlich Proviant für zwei Tage. Die Mutter von Karl dachte recht praktisch und gab uns zu guter Letzt noch einen fertigen Sauerbraten mit Spätzle mit auf die Reise. Seine Eltern waren schon im Rentenalter und Karl war der einzige spät geborene Sohn, der sehr verhätschelt war und nichts zum Wohle des Haushalts seiner Eltern beitragen mußte, so daß er verzogen und faul sich auch dem verstärkten Nikotinkonsum widmete, was mir ganz und gar nicht gefiel.

So vereinbarte ich mit ihm, daß er jeden Tag eine Zigarette weniger rauchen durfte und auch keine Zigarettenschachtel mehr selbst kaufen oder behalten sollte, damit er nicht als Nikotinleiche enden würde wie der 49-jährige Mann, der an Bronchialkarzinom

gestorben war. Er war soweit einverstanden, aber bei unserem Wochenendtrip zum Grüntensee stellte ich fest, dass er immer wieder zwischendurch von wildfremden Menschen eine Zigarette schnorrte und diese dann in aller Eile genüsslich konsumierte. Irgendwann kam ich ihm auf die Schliche und stellte ihn zur Rede, wo das noch hinführen sollte. Er aber meinte, dass er doch schon einiges Suchtpotential besitze, das sich nicht so leicht bekämpfen ließe. Momentan gab ich mich geschlagen und überlegte natürlich krampfhaft nach einer Lösung des Problems. Immer wieder riet ich Karl, daß er sich zusammenreißen sollte, aber das war leider nicht so einfach.
Der Wohnwagen am Grüntensee roch etwas muffig, weil schon länger nicht mehr gelüftet worden war. Wir quartierten uns ein und gingen dann zum See hinunter, wo wir das Segelboot zum Auslaufen klarmachten.
Der Wind frischte auf und es war sonnig und warm, als wir dann endlich ablegten. Da ich noch nie gesegelt war, erklärte mir Karl alles ganz genau und ich bemühte mich seinen Anweisungen beim Segeln zu folgen. Karl war in einen Neoprenanzug geschlüpft und sah aus wie James Bond. Da das Wasser noch ziemlich kalt war, war das eine gute Lösung, denn ab und zu spritzte eine Böe das Wasser bis ins Boot. Ich hatte Gott sei Dank einen Anorak übergezogen, so daß nur meine Hose ein paar Spitzer Wasser

abbekam und ich soweit ganz angenehm vom Segeln überrascht war. Es machte mir sehr viel Spaß. Plötzlich wurde es windiger und wir fuhren mit beschleunigter Geschwindigkeit aufs Ufer zu. Karl schrie: „ Wir müssen sofort wenden!“ Ich sah uns schon kentern, als Karl die Leine des Seglers herumriss und das Segel sich blitzartig auf die andere Seite schwenkte. Durch diese ruckartige Aktion kam das Boot aus dem Gleichgewicht und schwankte verdächtig stark nach links, so daß ich sehr Angst bekam, aus dem Boot zu fallen. Karl schrie mir einige Segelkommandos zu, die ich zunächst ängstlich ignorierte. Als er nochmal schrie, reagierte ich erst und folgte seinen Anweisungen. Wir hatten Glück und das Boot schwenkte im Wind auf die andere Seite und wir hatten eine Wende hinbekommen, ohne nass zu werden. Das war gerade nochmal gut gegangen und ich stieß ein stilles Stoßgebet zum Himmel, daß wir nicht gekentert waren.
Wir segelten zurück zur Anlegestelle, weil der Wind immer böiger und stürmischer wurde, so daß ich froh war, als wir endlich anlegten und ich wieder festen Boden unter den Füßen hatte. Wir gingen dann zurück zum Wohnwagen, nachdem wir das Boot vertäut hatten und freuten uns auf den Sauerbraten, den Karls Mutter uns auf die Reise mitgegeben hatte.

Nachdem wir gegessen hatten, zündete sich Karl eine Zigarette an. Es stellte sich heraus, daß er sie

geschnorrt hatte und mich nicht enttäuschen wollte. Deshalb hatte er selbst keine Packung Zigaretten gekauft. Dennoch war ich ziemlich gefrustet, daß er von dem Zigarettenkonsum nicht loskam. Trotzdem liebten wir uns in dieser Nacht ziemlich heftig, denn sogar die Scheiben des Wohnwagens beschlugen sich. Es roch nach Schweiß und Sex und ich mußte am nächsten Tag gut Lüften, um den Geruch wieder los zu werden.
Am Sonntagabend fuhren wir dann wieder Richtung Heimat, nachdem wir nachmittags nochmal Segeln waren. Die Zeit verging unbeschwert wie im Flug. Doch am nächsten Morgen bei Dienstantritt auf der Urologie hatte mich der Alltag wieder eingeholt. Da galt es den Kot aus den verchromten Schüsseln zu entfernen, die Vasen zu putzen, die Bettgestelle zu säubern ohne den täglichen Ablauf auf Station nicht zu vergessen: wenn ein Patient die Glocke läutete, hieß das, gleich in sein Zimmer zu spurten, denn er brauchte Hilfe. Routinemäßig wurde in der Früh nach der Übergabe vom Nachtdienst zum Frühdienst die Betten gemacht und die nötige Tagesration der Tabletten verteilt. Auch an das Insulinspritzen mußte ein halbe Stunde vor dem Frühstück die examinierte Fachkraft denken. Ich als Schülerin durfte nicht mal die subcutanen Heparinspritzen verabreichen, die nur unter die Haut gesetzt wurden. Dafür durfte ich Katheter ausleeren und die Bilanzen des Flüssigkeitshaushaltes der Patienten ergänzen.

Wenn am Morgen das Bettenmachen mit den üblichen Arbeiten erledigt war, wurde meist zu zweit das Frühstück, das in großen Blechwagons angeliefert wurde, ausgeteilt. Danach wurden wir zu unserem Frühstück in die Kantine im Keller geschickt. Darauf freute ich mich immer sehr, denn zwischen fünf und sechs Uhr beim Aufstehen konnte ich noch nicht viel zu mir nehmen, so daß das herzhafte Frühstück in der Kantine willkommen war.
Die Zeit verging sehr schnell und nach circa drei Monaten wurden wieder alle Schülerinnen auf andere Stationen versetzt. Diesmal landete ich auf der Gynäkologie. Ich wurde mit dem dortigen Personal vertraut gemacht und wir müssten auch die Babys der Mütter vom Kinderzimmer holen und zu den jeweiligen Zimmern der Mütter zum Stillen bringen. Es gab auch weniger erfreuliche Aufgaben, z.B. älteren Frauen, denen die Gebärmutter entfernt worden war, zu helfen und ihnen zuzuhören oder Trost zu spenden. Manchmal waren auch operative Eingriffe nach der Diagnose eines bösartigen Tumors z.B. eines Eileiters oder der Gebärmutter notwendig. Da waren besonders sensible Gespräche mit der Betroffenen nötig, doch im Klinikalltag kam das meiner Meinung nach viel zu kurz, weil die Zeit für persönliche Gespräche Mangelware war.
Eines Tages kam die resolute Hebamme Fr. Arent auf mich zu und fragte mich, ob ich bei einer Geburt zuschauen will. Freudig lief ich ins Stationszimmer

und fragte nach, ob ich für einige Zeit Im Kreißsaal zuschauen dürfte. Ich bekam das „Ok“ von der Stationsleitung, weil auf Station momentan nicht viel los war. Begeistert und neugierig stand ich dann vor der schwangeren Patientin, die bei den Wehen dramatisch aufschrie und ich bei mir dachte, dass das den Hebammen und Ärzten, die das auch aushalten mussten, wahrscheinlich den letzten Nerv rauben würde.
So erklärte mir die Hebamme Fr. Arent, dass der Muttermund der Schwangeren sich schon acht Zentimeter geöffnet hätte und man nochmal abwarten müsse, bis dieser sich weitere 2 Zentimeter ausweiten würde. Dabei schrie die Frau bei den Wehen herzzerreißend bis es endlich so weit war und das Köpfchen des Babys in Sicht kam. Da trat der Gynäkologe an die Frau mit einer OP- Schere und machte mit einem vernehmlichen Geräusch einen Dammschnitt, der für mich sehr brutal aussah. Ich schwor mir damals, dass ich mir nie so einen Dammschnitt verpassen lassen würde, doch wie sich dann bei meinen Geburten herausstellte, wurde so ein Schnitt genau im Augenblick einer Wehe gesetzt, um Schmerz zusätzlich zu vermeiden.
In der Schule fragte mich meine Lehrschwester nach meinen Eindrücken bei der Geburt und ich Beschrieb den brutalen Dammschnitt folgendermaßen: „ Der Arzt setzte seine OP-Schere an die Scheide und plötzlich machte es „Ratsch!“ und Blut spritzte und

danach glitt das Baby in die Hände Des Arztes. Es war ein sehr beeindruckendes Erlebnis.“
Meine Lehrschwester meinte nur, dass ich den Vorgang etwas zu dramatisch geschildert hätte, aber lächelte mir flüchtig zu. Sie hatte meine Reaktion verstanden.

23. Veränderungen

Eines Tages fuhr ich zu Karl und traf mich mit ihm in seinem Elternhaus. Wir gingen nun schon fast zwei Jahre miteinander und seine Eltern machten sich große Hoffnungen, dass wir eines Tages heiraten würden. Seine Eltern waren schon beide über 60 Jahre alt und wollten ihren verwöhnten Sohn gut versorgt und verheiratet sehen. Von meiner Mutter erfuhr ich die Meinung meines Vaters zu diesem Thema, der mir riet, Karl niemals zu heiraten, weil er so viel rauchte.

Wenn das der einzige Aspekt gewesen wäre, dann hätten wir vielleicht geheiratet. Aber es gab da noch etwas, was bis jetzt unter den Teppich gekehrt worden war: Karl war psychisch instabil und mußte schon länger Psychopharmaka einnehmen.

Ich dachte natürlich an meine eigene Situation, die von solchen Turbulenzen der Psyche auch gekennzeichnet war und wollte Karl auf keinen Fall deswegen hängen lassen. Ich war bald im dritten Kurs und die Prüfungen standen an, vor denen ich schon ein wenig Angst hatte. Ein zusätzliches Problem wie Karls Erkrankung und instabiler Gesundheitszustand würde auch meine schulischen Leistungen auf Dauer gefährden. Ich war hin und hergerissen von meinen Gefühlen zu Karl und hätte wahrscheinlich auch zu

ihm gehalten, wenn folgender Vorfall nicht gewesen wäre.
Ich war wieder mal im Elternhaus von Karl eingeladen, da lachte er ganz idiotisch auf und faselte davon, daß er in der Kirche zu lachen angefangen hatte und nicht mehr aufhören konnte. Da wurde er aus der Kirche verwiesen und lachte noch lange danach, aber völlig ohne Grund. Das kam mir schon sehr merkwürdig vor. Seine Eltern wollten zuerst gar nichts von seiner Erkrankung erwähnen, aber irgendwie verplapperte sich der Vater von Karl, der erwähnte, daß sie sich nicht anders zu helfen gewusst hätten, als Karl zu einem Psychiater zu fahren, um ihm zu helfen. Ich dachte mir meinen Teil und Karl zog mich in sein Zimmer hinauf in den ersten Stock, um – wie er sagte – mit mir zu reden.
Als wir dann im Zimmer waren, schloss er seine Zimmertüre ab. Mir wurde mulmig. Was kam als nächstes? Er kam auf mich zu und nahm mich fest in dem Arm, küsste mich brutal und zog mich auf den Boden.
Ich wehrte mich, denn ich wollte nicht auf den Boden liegen und versuchte ihn von mir zu schieben, aber er hielt mich auf den Boden gedrückt und fingerte mit seiner rechten Hand unter meinen Rock an meiner Strumpfhose und zog sie nach unten. Auch der Schlüpfer riss, als er alles nach unten zog. Dann öffnete er mit einer Hand den Reißverschluss seiner Jeans und holte seinen Penis aus der Unterhose. Mit

der anderen Hand hielt er mich gedrückt auf dem Boden und wälzte sich schließlich über mich und versuchte mich zu vergewaltigen. Aber sein Penis wurde gar nicht richtig steif und sein Versuch in mich brutal einzudringen, misslang. Ruckartig stemmte ich mich gegen ihn und mir gelang es unter ihm herauszurollen. Ich zerrte meine Strumpfhose hoch und rannte zur Tür, drehte den Zimmerschlüssel um, und sprang die Treppe fluchtartig hinunter, zog die Haustüre auf und verließ Karl nach diesem Erlebnis für immer.

Ich hatte noch lange an diesem Erlebnis zu kauen. Auf der einen Seite wollte ich Karl nicht im Stich lassen, auf der anderen Seite führte kein Weg mehr zu einer normalen Beziehung mit ihm. Eines Tages entschloss ich mich, dies einem Priester in der Beichte anzuvertrauen, denn ich wollte und mußte dieses Erlebnis, das mich in einen Schockzustand versetzt hatte, endlich verarbeiten,
sonst befürchtete ich, meine Schule und meine Prüfungen nicht bestehen zu können. Ich beichtete und umschrieb die Situation und danach war mir wohler, denn ich gab nicht mehr mir allein die Schuld am Versagen unserer Beziehung. Ich konnte mich von dem Vorwurf lösen, Karl in seiner Krankheit im Stich gelassen zu haben. Aber die Erinnerung an diese Beinahe-Vergewaltigung verfolgten mich noch sehr lange in meinen Träumen. Da mich an meiner jetzigen kleinen Wohnung störte,

daß ich das Bad meiner Vermieterin mitbenutzen durfte, das meist mit ekelhaften Hautschuppen und schimmligen Ablagerungen an den Fliesen kontaminiert war, suchte ich schon seit längerem nach einer alternativen Unterkunft in der Nähe des Krankenhauses, in dem ich ausgebildet wurde. Die meisten Wohnungen waren für meine geringe Ausbildungsvergütung Ende des 2. Kurses natürlich zu teuer.
Doch eines Tages sprang mir eine Anzeige in der Zeitung ins Auge, daß in einer Wohngemeinschaft an der Hauptstraße, vielleicht einen Kilometer Luftlinie zwischen dieser Wohnung und meiner Arbeitsstelle, für 300 DM ein Zimmer ab 1.April frei wäre. Ich war begeistert, als ich mir die Wohnung in der folgenden Woche dann anschaute. Ein circa 16 Quadratmeter großes Zimmer mit mindestens 2,50 Meter Höhe einer Altbauwohnung war frei geworden. Ich nahm die Wohnung, da auch ein Badezimmer und eine Toilette und die Küche zu Mitbenutzung dabei war und ich dachte, ich könnte auch ein freieres und unbeaufsichtigtes Leben führen als zuvor.
Zum nächstmöglichen Zeitpunkt kündigte ich meine alte Wohnung und zog in die Wohngemeinschaft ein. Zu dieser Wohngemeinschaft gehörten noch drei Mädchen, die allerdings jedes Wochenende nach Hause fuhren. Mal ging das Toilettenpapier aus, mal war die Küche so mit verdrecktem Geschirr überladen, dass man keine saubere Teetasse mehr

fand. Überdies stellte ich fest, dass die Mädchen zwar das Chaos verursachten, aber keiner sich für Hygiene oder Sauberkeit, bzw. Abspülen oder Böden wischen verantwortlich fühlte. Ich begann also zunächst mal sauberzumachen, hatte aber bald das Gefühl, ausgenutzt zu werden und benutzte daher mein eigenes Geschirr und Essen, das ich in meinem eigenen Zimmer aufbewahrte, sonst wäre es der Allgemeinheit zum Opfer gefallen. Ich beteiligte mich an den Putzaktionen mit der Zeit aber nicht mehr mit so viel Begeisterung wie am Anfang und kochte für mich allein, wenn die andern ausgeflogen waren. Da ich Schichtdienst hatte, trafen sich die anderen Mitglieder und ich nicht allzu häufig.
An Ostern bekam ich dann ein gebackenes Lämmchen und Ostereier von meiner Mutter geschenkt und stellte es auf die Ablage in meinem Zimmer. Nach zwei Tagen wollte ich mir ein Stück des Lämmchens abschneiden und musste zu meinem Schrecken feststellen, dass eine Ameisenkolonne von der Türe bis zur Ablage, ja bis unter das mit Klarsichthülle eingepackte Lämmchen geschlüpft war und sich redlich an diesem bediente, vor allem am Puderzuckerüberzug desselben. Ich schrie vor Entsetzen laut auf und beförderte die Ameisenkolonne mit Schaufel und Besen nach draußen so gut es ging. Die flinken, kleinen Insekten waren ihrerseits natürlich auch verstört und strömten auseinander bei meinem Angriff. Ich hatte mal gelesen, daß

Backpulver Ameisen vertreiben würde. So zogen überall am Ende dieses Desasters weiße Spuren von Backpulver durch mein Zimmer, in der Hoffnung, die Biester zu vertreiben. Da ich es nicht länger in dieser Wohnung aushielt, flüchtete ich an meinem freien Wochenende nach Hause. Dort angekommen, überredete ich meinen jüngeren Bruder Robbie, mit mir doch mal auszugehen. Natürlich lieh ich mir das elterliche Auto, für das ich Benzingeld zahlen mußte, aus, um mit meinem Bruder dann am Abend in die acht Kilometer entfernte Disco zu fahren. Endlich mal ein bißchen Entspannung und Abschalten vom Alltag, so dachte ich.
Mein Bruder war zum ersten Mal in einer Disco und ich hatte natürlich die Verantwortung für ihn. Auf der anderen Seite war ich froh, nicht allein ausgehen zu müssen und wir suchten uns zunächst auf der linken Seite einen Sitzplatz an einem kleinen Tisch, um nicht den ganzen Abend stehen zu müssen. Da wir ziemlich früh dran waren, es war kurz vor 22 Uhr, als wir die Disco betreten hatten, war noch nicht viel los. Aber bis 23 Uhr füllte sich das Lokal ziemlich schnell. Es wurde im Wechsel von 20 Minuten mal Soulmusik zum individuellen Tanzen, mal Discofox für paarweises Tanzen gespielt.
Gerade hatte eine Discofoxrunde begonnen, als mich ein junger attraktiver, braungebrannter Kerl zum Tanzen aufforderte.
„Magst du tanzen?“ fragte er mich. Als ich bejahte,

zog er mich auf die Tanzfläche und wir stellten uns währenddessen vor. Wie sich herausstellte, hieß der gutaussehende junge Mann Leo Schuster.„Wo bist du denn zuhause?“ wollte ich wissen.„ Den Ort wirst du nicht kennen. Er liegt im nördlichen Teil des Landkreises und heißt Ried“, entgegnete er. „Doch, ich kenne diesen Ort, weil ich gerade in meiner Ausbildung mit einer Mitarbeiterin der Sozialstation auf Dienstreise gehe und auch diesen Ort mit der Sozialstation besuche.“

Das überraschte Leo und er erzählte mir, dass er heute Abend gerade vom Skifahren mit seinem Cousin Erwin komme und deshalb so braungebrannt sei. Wir tanzen sogar nochmal an diesem Abend und wollten in zwei Wochen an meinem freien Wochenende uns wieder zum Tanzen treffen. Eines Tages, es war ein sonniger Junitag, verabredeten wir uns bei mir. Leo stand mit kurzen, beigefarbenen Shorts und kurzärmligem Hemd ,braungebrannt und voller Energie vor meiner Haustüre. Seine Statur war groß, schlank und drahtig und seine braunen Haare schimmerten glänzend im Gegenlicht zur strahlenden Sonne, als ich die Haustüre geöffnet hatte. Er hatte auch etwas Ähnlichkeit mit meinem Jugendfreund Wolfgang und so verliebte ich mich in Leo.

Wir hatten eine Radtour verabredet und radelten an jenem Tag dann ins Grüne. Dort in einer Wiese am Waldrand angelangt, legten wir uns in Gras und küssten uns leidenschaftlich. Bis dahin hatte ich nicht gewusst, dass ich mich nochmal verlieben könnte. Wie sich herausstellte, war Leo Landwirt und zwei Jahre älter als ich. Wenn er verlegen war, lachte er gern und manchmal wenn er was erklärte, kamen die Silben bruchstückhaft, nacheinander oder er wiederholte sich. Es war kein richtiges Stottern, aber unmissverständlich ein kleiner Sprachfehler, den er nicht ganz unterdrücken konnte. Aber mit seinem Charme und seinem allseits ausgeglichenen, positiven Optimismus glich er diesen Fehler immer wieder aus. Ich war sehr angetan von seiner Art, die Dinge nicht ganz ernst zu nehmen und immer das Beste aus allem zu machen.

Wie sich bald herausstellte, war er nicht nur optimistisch, sondern auch sehr fleißig. Er arbeitete auf dem Hof seines Vaters vor allem im Sommer von 6 Uhr bis 22 Uhr. Er hatte ein unglaubliches Durchhaltevermögen und deshalb auch sehr wenig Zeit für mich.

Mit meinem Schichtdienst im Krankenhaus war es auch gar nicht so leicht, noch freie Zeit für Verabredungen zu vereinbaren, außer nach 20.00Uhr. Am Wochenende, vor allem am Samstag Nachmittag spielte ich noch Tischtennis in meinem Heimatverein. Wenn ich Zeit hatte, spielte ich gern mit, allerdings brauchte ich ein Auto, mit dem ich dorthin oder zu den Spiellokalen der gegnerischen Tischtennismannschaften fahren konnte. Leo war so nett und lieh mir seinen schwarzen Golf ab und zu,

damit ich an den Spielen teilnehmen konnte. Das fand ich sehr großzügig und liebte ihn deshalb umso mehr. Eines Tages an einem Sonntagnachmittag hatte ich ihn extra zum Kaffee eingeladen. Er stand wie ein griechischer Gott, groß, muskulös, schlank, braungebrannt und lächelnd vor meiner Haustüre. Ich küsste ihn zur Begrüßung und begehrte ihn mit Leib und Seele. All meine Sinne konzentrierten sich auf Leo, der zögerlich, ja fast unbeholfen wirkte, als ich ihm den Reißverschluss seiner Hose aufzog. Ich zog ihn in die Ecke auf das Bett und küsste ihn nochmals und merkte, daß Leo noch nicht viel Erfahrung in Sachen Sex mit Frauen hatte. Also lag es an mir, die Dinge etwas voranzutreiben und als ich merkte, daß er steif wurde. Er wollte zwar in mich eindringen, doch dummerweise fand er nicht gleich in mich hinein, so daß ich ihn mit meiner Hand etwas führen mußte, um dem Akt zum Erfolg zu verhelfen. Letztendlich klappte es doch noch ganz gut und der Bann zwischen uns war gebrochen. Eine Vertrautheit trat ein, die unsere Beziehung vorantrieb.
Eine unbeschwerte, schöne Zeit war angebrochen. Jeder ging seiner Arbeit nach und doch versuchte Leo öfter mal am Abend bei mir vorbeizuschauen. Mittlerweile war ich im dritten Ausbildungsjahr und hatte gute Beziehungen zu Schwester Britta, die die Personalführung des Krankenhauses innehatte. Eines Tages sprach mich diese Schwester an, ob ich mir vorstellen könne, nach der Ausbildung in diesem

Krankenhaus weiterzuarbeiten.
„Ja, gerne! Aber ich brauche noch eine andere Wohnung, denn dort, wo ich jetzt bin, möchte ich baldmöglichst wieder kündigen“, antwortete ich. „Ich glaube, ich hätte da eine Wohnung für dich. Ich frage mal nach und gebe dir dann Bescheid“ ,versprach sie mir.
Sie hielt ihr Versprechen und empfahl mir eine Dachgeschosswohnung bei einer Familie Schmid, die gleich unmittelbar hinter dem Krankenhaus lag. Kurz darauf besichtigte ich die Wohnung bei Familie Schmid, die zwei schräge Dachfenster hatte, sehr gepflegt und eine Fläche über 60 Quadratmeter hatte. In der eingebauten kleinen Küche war sogar eine kleine Spülmaschine vorhanden, was ich schon damals als Luxus empfand. Ich hätte vor Glück die ganze Welt umarmen können, als ich den Mietvertrag unterschrieb und endlich aus der verhassten WG - Wohnung wegziehen konnte.
Leo half mir beim Umziehen und hatte den Mercedes mit Anhänger von seinen Eltern geliehen, um die Möbel von der WG - Wohnung zur Schmid-Wohnung zu transportieren. Ich freute mich riesig auf meine neue Wohnung, die in unmittelbarer Nachbarschaft gleich hinter den Krankenhaus angrenzte und gegenüber ein Wald lag. Ich war sehr glücklich mit meiner neuen Wohnung und Leo an meiner Seite. Allerdings hatte er nicht sehr viel Zeit für mich, außer spätabends und manchmal auch über Nacht.

Mittlerweile war ich im dritten Kurs und ich hatte noch drei Monate bis zu meinen Prüfungen zur examinierten Krankenschwester.
Ich lernte jede freie Minute unter Tags, doch wenn Leo kam, liebten wir uns leidenschaftlich und intensiv, wenn er nicht zu müde dazu war. Er kam immer erst nach acht Uhr abends und manchmal überwältigte ihn die Wärme im Zimmer und er schlief auf dem Sofa ein, da er ja den ganzen Tag an der frischen Luft gearbeitet hatte. Ich dachte mir immer dabei, daß er im Schlaf schon nicht sündigen konnte oder mich gar betrügen, doch dazu war er nicht fähig. Ich begann, ihn uneingeschränkt und vorbehaltlos zu lieben und schätzte seine großzügige und gutmütige Art sehr, denn mein Vater hatte gegenteilige Charakterzüge, geizig und hart. Während ich beim Leihen des Autos meiner Eltern jedes Mal Benzingeld zahlen mußte, lieh mir Leo seinen Wagen kostenfrei und aus freien Stücken. Er fand das etwas geizig von meinen Eltern, Benzingeld zu verlangen.
Auf der andern Seite hatten meine Eltern ja auch keinen Betrieb, bei dem man kostengünstig selber tanken konnte wie bei Leos Familie, denn die Landwirtschaft wurde ja dahingehend subventioniert. Meine Eltern waren dagegen immer arm gewesen und hatten sich unser selbst gebautes Häuschen vom Mund absparen müssen. Deshalb duldete mein Vater keine Form von Luxus oder Verschwendung: das Badewasser wurde begrenzt, das Essen mußte

aufgegessen werden, auch wenn es nicht schmeckte und meine Geschwister und ich mußten zur Kirche jeden Sonntag laufen oder mit dem Rad fahren. Es war nicht erlaubt, das Auto zu benutzen, außer wenn es nicht anders ging, zum Beispiel wenn es aus Kübeln regnete oder etwas transportiert werden musste.
So genoss ich natürlich Leos Freizügigkeit umso mehr, da er mir erlaubte sein Auto unentgeltlich zu benutzen. Eines Tages war ich mit seinem Auto unterwegs, um Stoff einzukaufen. Ich war ungefähr 2 Stunden unterwegs und fuhr auch durch verkehrsberuhigte Zonen mit durchschnittlicher Geschwindigkeit von 50 Stundenkilometern. Zwei Wochen darauf zeigte mir Leo einen Strafzettel, der das Datum vom Tag beim Stoffeinkauf hatte und mit der Unterschrift meines Vaters versehen war. „Oh je!“ stöhnte ich. „ Daß eine Geschwindigkeitsbegrenzung von 30 Stundenkilometern auf dieser Strecke in einem Schulbereich gewesen war, den ich durchfahren hatte, hatte ich glatt übersehen. Was natürlich noch peinlicher war,wardie Tatsache, daß jener Strafzettel an die Mutter von Leo adressiert gewesen war und Leo zur Rechenschaft gezogen hatte, obwohl ich die Schuldige gewesen war.
Nach drei Monaten Pauken auf die Prüfungen, wurden endlich die schriftlichen Prüfungen durchgeführt. Von drei Prüfungsthemen mußten wir zwei auswählen und beantworten. Das erste Thema

war „Funktion der Lunge, der Atemwege und verschiedene Erkrankungen der Atemwege“, das zweite Thema, das Sr. Adelhild vorlas war: „ Wie entsteht Leben - der Weg des Samens bis zur Eizelle!“. „Dieses Thema nehmt ihr nicht“, sagte sie gleich dazu. Aber gerade dieses Thema reizte mich zu bearbeiten, da es mich immer schon brennend interessiert hatte. Da es aber mit Sex zu tun hatte, war dieses Thema bei einer Klosterschwester wie Sr. Adelhild nur kurz angeschnitten worden und nicht ausführlich unterrichtet worden. Mich hatte es aber immer schon fasziniert und ich hatte mich ausführlich eingelesen, also nahm ich gerade dieses Thema als Prüfungsstoff.
Das dritte Thema war die Herzkreislauffunktion, das auch sehr interessant war und deshalb auch von mir beantwortet wurde. Nachdem die schriftlichen Prüfungen vier Wochen vorbei waren, waren wir auch praktisch nacheinander getestet worden und es war sehr viel Wert auf hygienische Arbeit, Desinfektion und sinnvoller Arbeitsablauf gelegt worden. Alle 22 Schülerinnen kamen dann nacheinander zur mündlichen Prüfung, bei der Fragen verschiedener Fachrichtungen gefragt wurden, unter anderem Anatomie, Krankheitslehre und sogar Psychologie. Das Ergebnis der Prüfungen lag allerdings erst am Ende des Schuljahres vor, aber wenigstens beruhigte uns Schwester Adelhild und ließ durchblicken, daß wir alle bestanden hätten. Nachdem das positive

Prüfungsergebnis vorlag, kam Schwester Britta, die Personalchefin auf mich zu und bot mir einen Vertrag entweder auf der Babystation oder im OP an.
Bei den Babys hatte es mir gefallen, doch wollte ich aus Ehrgeiz, noch etwas Neues und Interessantes zu lernen, lieber die Stelle im OP wahrnehmen. Ich wollte den Mensch auch von innen sehen und sollte alsbald schon meinen ehrgeizigen Entschluss bereuen.

24. Eifersucht

An einem Samstagabend trafen Leo und ich uns zum Ausgehen Wir fuhren gemeinsam in eine Disco nach Dasing . Er hatte noch seinen Cousin Erwin und eine Bekannte Ulrike eingeladen. Ulrike war erst 16, sehr kokett und lachte gerne. Erwin war von ihr angetan, das merkte man, wenn man sein arrogantes, überhebliches Wesen richtig deutete. Für Leo war Erwin der beste Freund und Vertraute, mit dem er mehr gemeinsam unternahm, wie mit einem seiner fünf Brüder.

Ich hatte mich in eine Jeans und eine weiße Bluse geschmissen und mich geschminkt und meine Haare, die ich mit Gel etwas durchgeknetet hatte, vorne am Pony etwas aufgestylt. Ich freute mich riesig auf diesen Abend, war es doch nicht an der Tagesordnung, so weit wegen eines Discobesuches zu fahren. Wir unterhielten uns über den Bau des Stallgebäudes, das hoffentlich bald zum Abschluss kam, an dem Leo und auch Erwin ab und zu sehr hart arbeiten mussten.

Da es Ende November war, konnte bei dieser kalten Witterung auf dem Bau nicht mehr viel gearbeitet werden , so daß es möglich war, mal früher als üblich wegzufahren. So wurde ich kurz nach zwanzig Uhr an meiner Wohnung abgeholt und wir fuhren eineinhalb Stunden Richtung München, vorwiegend auf der

Autobahn mit 160 Stundenkilometern zum Teil. Endlich kamen wir nach dieser Raserei an der Disco in Dasing an. Es war kurz vor zehn, als wir zusammen die Disco betraten und wir suchten uns Sitzplätze, da wir sonst den ganzen Abend stehen hätten müssen. Allerdings war Erwin viel unterwegs, um einige Mädels zu treffen, die er schon kannte. Auch Leo blieb hin und wieder bei Bekannten stehen, um sich lachend und charmant zu unterhalten. Ich kam mir einsam vor, da ich keine Menschenseele kannte und auch nicht gleich mit jedermann Gut-Freund-Sein konnte. Ich war eher ernst und vorsichtig und hielt mich eher an Leo.
Ulrike dagegen flirtete ungeniert und lachte jedem, der ihr gefiel ins Gesicht. Bert forderte sie öfter zum Tanzen auf und sie tanzten eng umschlungen, ja erotisch und ließen sich ganz ineinander verschmelzen. Ich tanzte mit Leo hin und wieder und saß auch mal länger an unserem Tisch allein, als mir schließlich dies zu langweilig wurde, machte ich mich auf die Suche nach Leo, der weiter vorne bei Erwin und einer brünetten 20-Jährigen stand und sich angeregt mit ihr unterhielt.
Als ich mich näherte, glaubte ich meinen Augen nicht zu trauen. Plötzlich küsste die Brünette Leo auf den Mund. Dieser war momentan auch überrascht und sah mich, wie ich mich umdrehte und fluchtartig die Disco verließ. Erwin lachte schallend, das konnte ich gerade noch sehen. Danach war ich tief verletzt, da

ich Leo sehr zugetan war und er mich als seine Freundin anerkannt hatte und nicht sich von einer anderen verführen lassen würde, so hatte ich zumindest bis zu diesem Zeitpunkt gehofft. Ich rannte so schnell ich konnte aus der Disco hinaus und wollte nur noch so schnell wie möglich nach Hause. Allerdings war ich ja mit Leo mitgefahren und war auf ihn angewiesen, daß er mich wieder nach Hause bringen würde. Ich wartete draußen keine fünf Minuten, da hatte mich Leo gefunden und beteuerte den Zwischenfall. Er gestand mir, daß, wie sich inzwischen herausgestellt hatte, Erwin der Übeltäter war und er die Brünette, die sogar verheiratet war und erst Zwillinge bekommen hatte, angestiftet hatte, Leo den Kuss aufzudrücken, just in dem Moment, als ich nach Leo sehen würde. Erwin hatte also diese Szene inszeniert, um mich auf Leo eifersüchtig zu machen und hatte meine Reaktion vorausgeahnt und sich dabei köstlich amüsiert. „Dieser gemeine Kerl wollte uns auseinanderbringen!“ dachte ich bei mir. Da mir Leo reumütig hinterhergelaufen war und mir die Situation erklärt hatte, verzieh ich ihm und konzentrierte ich all meine negative Energie auf Erwin, den ich ab diesem Zeitpunkt sehr reserviert behandelte. Vielleicht begann ich ihn auch für seine Hinterhältigkeit zu hassen, ich bin mir da nicht sicher. Jedenfalls wollte ich ab diesem Abend so wenig wie möglich mit Erwin zu tun haben.
Wie sich herausstellte, war Erwin ein wenig

eifersüchtig auf mich, da er Leo zum Ausgehen und Quatschen nicht mehr allein hatte. Dennoch legte Leo sehr großen Wert auf die Meinung und Beurteilung von Erwin, der auch ab und zu am Hof etwas reparierte, da er handwerklich sehr geschickt war.
Da ich zu diesem Zeitpunkt nicht allzu oft am elterlichen Hof von Leo aus beruflichen Gründen war, hatte ich keine Ahnung, wie weit der Einfluss von Erwin gehen würde.
Die Arbeit, die mit meiner neuen Stelle im OP einherging, nahm mich im Alltag jedoch voll in Beschlag, denn es war nicht nur der reguläre Dienst von acht bis 16 Uhr zu bewältigen, sondern auch Rufbereitschaft im Anschluss nach Dienstschluss und am Wochenende.

25. Die Abschlußfahrt

Nachdem ich meine Prüfungsergebnisse in der Tasche hatte, plante ich mit meiner hübschen Freundin Tina eine Abschlussreise nach Gran Canaria. Als wir im Reisebüro die einwöchige Reise gebucht hatten, packten wir unsere Koffer und flogen beide zum ersten Mal mit einem Flugzeug. Ein bisschen Angst hatten wir beide und als dann die Maschine sich in die Lüfte erhob, dröhnten die Ohren ein wenig und unsere Mägen zogen sich merkwürdig zusammen, so ein beklommenes Kribbeln war zu spüren.

„Da! Du musst einen Kaugummi kauen, dann vergeht das Dröhnen in den Ohren!“, meinte Tina und bot mir Kaugummi an.

„ Danke!“ entgegnete ich und nahm den Kaugummi und steckte mir in den Mund. Tatsächlich gewöhnte sich der Körper nach einer Weile an die veränderten Bedingungen beim Fliegen. Nach vier Stunden und 25 Minuten landeten wir in Gran Canaria und merkten, daß es ganz schön heiß war. Bei sommerlichen Temperaturen von 33 Grad im Schatten lief uns der Schweiß von der Stirn, als wir auf das Taxi am Flughafen warteten, das uns ins nahegelegene Hotel Marina bringen sollte. Endlich fuhr ein Taxi vor und sogleich packte der Chauffeur unsere Koffer, belud diese in den Kofferraum und düste los.

Hotel Marina lag auf einen Hügel inmitten von einer sandigen, kargen und fast baumlosen Landschaft, die fast schon einer Wüste glich. Hinter dem Hügel sah man, wie die glühende Sonne sich im Meer spiegelte und die Wasserfläche wie zigtausende Diamanten widerspiegelte. Um das Hotel waren Hecken mit roten Blumen angepflanzt und hier und da ragte auch eine einzelne Palme aus dem Buschwerk. Das Hotel besaß eine große Aula mit Rezeption, an der wir uns umgehend anmeldeten. Sofort bekamen wir die Schlüssel zu unserem Apartment, das in einer kleinen Hütte aus zwei Betten, zwei Nachtkästchen und Schrank bestand und anschließend noch ein Bad mit Dusche, Toilette und Waschbecken hatte.
Verschwitzt wie wir waren, zogen wir gleich unsere Bikinis an, darüber ein Badekleid und mit unseren Schlüsseln und Badetüchern ausgerüstet, suchten wir den kürzesten Weg zum Meer, um uns in die wohltuend kühlen Fluten zu stürzen.
Danach sonnten wir uns ein wenig und cremten uns fleißig ein, denn die UV-Strahlung war acht Mal so hoch wie bei und in Deutschland im Sommer. Danach sah ich ein paar junge Leute Volleyball spielen und fragte, ob ich mitspielen dürfe. Da sie nichts dagegen hatten, spielte ich voller Leidenschaft barfuß mit, denn Turnschuhe hatte ich leider nicht dabei. Nach 2 Stunden in der prallen Sonne löste sich die Gruppe von jungen Leuten dann auf, denn es war schon 18 Uhr, zwar immer noch warm und hell, aber Zeit,

duschen zu gehen, denn um 19 Uhr gab es Abendessen. Wir freuten uns schon riesig auf das Buffet, das uns versprochen worden war, denn wir hatten großen Hunger, da wir seit dem Abflug in München nichts mehr zu uns genommen hatten.
Beim Abtrocknen nach der Dusche stellte ich bekümmert fest, dass ich riesengroße Blasen an den Fußsohlen vom Volleyballspielen auf dem Hartplatz bekommen hatte, da ich ja keine Turnschuhe angezogen hatte. Der Hartplatz hatte die Sonne aufgetankt und die Energie abgestrahlt. Durch den leichten Wind und die Bewegung während des Spiels war es mir bloß nicht aufgefallen, dass es so heiß war.
Das Abendessen bestand aus einem ziemlich umfangreichen Buffet, das aus verschiedenen Hauptspeisen, Vor- und Nachspeisen und verschiedenen Obstsorten zusammengesetzt war. Ich zweigte dann ein Jogurt in meine Handtasche ab. Danach verteilte ich das Jogurt auf ein kleines Handtuch, als wir wieder in unserem Apartment waren und kühlte damit meine Blasen an den Füßen. Vor Schmerz hatte ich kaum richtig laufen können und war froh, meine Füße abends hochlegen und kühlen zu können.
Meine Füße brauchten zwei bis drei Tage Zeit, ehe sie sich wieder einigermaßen von den Brandblasen erholt hatten. In dieser Zeit erholten Tina und ich uns von den Strapazen der letzten drei Ausbildungsjahre und der Abschlussprüfung und wir aalten uns in der

Sonne, gingen im Meer schwimmen und schossen einzigartig schöne Standfotos mit unseren nur von Bikini bekleideten sonnengebräunten Körpern auf den Sandhügeln auf Gran Canaria.
Am vorletzten Tag, am Donnerstag Abend, nahmen wir einen Bus in die nahegelegene Stadt und machten dort die Gegend unsicher. Wir schlenderten die Geschäfte entlang und wurden von fremden, jungen Männern auf Englisch angesprochen, ob wir aus Schweden kommen, weil wir so blond sind. Wir verneinten und die Jungs luden uns ein, in eine Disco zu gehen, die aber erst um 23 Uhr öffnen würde. Wir liefen bis dahin noch auf dem Platz und an verschiedenen Geschäften vorbei und jeder von uns erstand eine neue Kamera, die wir jetzt im Urlaub ja gut gebrauchen konnten.
Zum verabredeten Zeitpunkt um 23 Uhr trafen wir dann die jungen Männer in der Disco, tanzten ein bisschen und lachten auch fröhlich, denn die Jungs waren recht frech und unterhaltsam. Mit ein paar Brocken Englisch und Deutsch verständigten wir uns mit Händen und Füßen. Einer lud uns auf seine Segeljacht ein, die im Hafen lag und wollte mit uns am nächsten Tag eine Segeltour machen. Ich war Feuer und Flamme, total begeistert von der Idee, einen Tag auf einer Jacht zu verbringen. Da tippte Tina mir auf die Schulter und sagte, sie wolle draußen mit mir reden. Wir gingen also zum Ausgang der Disco und Tina beschwor mich, nicht mit zu segeln:

„Stell dir mal vor, die verschleppen uns nach Afrika und verkaufen uns dann an ein Bordell!“ gab Tina zu bedenken. „ Du hast zu viele Krimis gelesen. Die sind doch harmlos.“ winkte ich ab. „Los, lass uns gehen!“ sagte Tina und winkte ein Taxi.

„Schade…!“ meckerte ich, aber gab dann nach und wir fuhren dann zurück in unser Hotel. Zwei Tage danach flogen wir zurück nach Hause und außer unseren Erinnerungen und ein paar Kleidungsstücke im Koffer, hatten wir keinen Pfennig mehr in unseren Taschen.

26. Leos Familie

Nachdem Leo und ich uns meist einmal unter der Woche oder am Wochenende in meiner neuen Wohnung bei Familie Schmid trafen, blieb es nicht aus, daß wir uns leidenschaftlich liebten und Leo auch hin und wieder bei mir über Nacht blieb und am nächsten Tag kurz vor 6 Uhr in der Früh schnell heimraste, um zur Arbeit im Stall in der elterlichen Landwirtschaft nicht zu spät zu kommen. Dies blieb auch bei seinen Eltern nicht unbemerkt und sein Vater sprach eines Tages ein ernstes Wort mit Leo: „ So geht`s nicht weiter. Die mußt halt heiraten!" soll er gesagt haben.
Das erfuhr ich aber erst sehr viel später. Zunächst wollte mich Leo mal seiner Familie vorstellen und lud mich eines Tages zum Mittagessen zu sich auf den Hof in Weiler.
Er erklärte, daß der Hof auch die „Mühle" genannt wurde, weil vor 100 Jahren dort jedermann sein Mehl dort mahlen ließ und heute noch für die Schweine dort geschrotet wurde. Das gemalte Bild über dem Eingang zur Mühle fiel mir gleich auf, da ich ja selber gern malte und Leo – so glaubte ich – das auch schätzte.
Wir gingen also durch das imposante Mühlengebäude, das aus zwei trichterförmigen

Behältern aus Holz bestand. Darunter befanden sich eiserne Wagen mit 4 Rädern und einem Handlauf, einer Stange, die zum Anschieben des geschroteten Futters diente, das sich im Wagen befand. Von dort führte eine Türe in eine Art Aufenthaltsraum, zu Umziehen oder zum Ausruhen. Danach gelangte man in einen bis zur Decke gefliesten, dunklen kleinen Gang, der nach links mit einer Türe ins Freie abschloss und nach rechts in die große Küche mündete, in der sich die komplette 9-köpfige Familie zum Mittagessen versammelt hatte.
Neugierig betrat ich den Raum und entsetzt mußte ich feststellen, dass sowohl sein Vater, als auch fast sämtliche Geschwister eine große Hakennase vererbt bekommen hatten. Leo hatte zwar auch eine lange, aber wohlgeformte Nase und war eindeutig der hübscheste von allen sieben Geschwistern.
Das einzige Mädchen, seine Schwester Marie, arbeite emsig noch am Herd, während ihre Mutter die Teller auf den Tisch stellte, die sogleich von den Brüdern verteilt wurden. Sie grüßten und beäugten mich alle sehr neugierig.
„Wo arbeitest du denn und wo bist du her?“ wollte Leo `s Bruder Kurt wissen. „ Ich arbeite im Krankenhaus und bin gebürtig von Auerbach“, entgegnete ich.
Weiter konnte ich nicht ausgefragt werden, weil Leo`s Mutter gerade einen großen Suppentopf auf den Tisch stellte, aus dem sogleich alle Teller voll geschöpft

wurden und nachdem sich jeder seinen Löffel von der Tischmitte geschnappt hatte, löffelte jeder mehr oder wenig hungrig aus seinem Teller. Plötzlich wurde es sehr ruhig, man hörte nur das Schürfen aus den Suppenlöffeln und wohlige Laute, die bezeugten, daß die Suppe schmeckte. An der Spitze des Tisches saß der Hausherr und Oberhaupt der Familie und aß ebenfalls sehr andächtig an seiner Suppe. Er strahlte Autorität aus, ob es an seiner Größe oder seinem Aussehen lag oder an seinem Gesichtsausdruck, seiner etwas geäderten, roten Gesichtsfarbe oder seiner großen, prägenden Nase konnte ich nicht auf Anhieb feststellen, jedoch traute ich mich nicht zu rühren und verharrte still und bewegungslos auf meinem Platz, bis auch die Mutter von Leo Platz genommen hatte und zu essen begann. Sie hatte wenig Haare und eine Dauerwelle, aber relativ ungepflegte Haare, die stumpf und platt sich auf die Seiten verteilten. Ihre Augen waren grün und rege und ihre Nase war sehr lang, aber nicht so krumm wie die ihres Mannes und einiger Geschwister von Leo. Während ich immer wieder die ganze Großfamilie beobachtete, merkte ich, daß auch Leo ein wenig befangen reagierte und seine Suppe sehr langsam auslöffelte. Auch er wirkte durch die Autorität seiner Eltern und die Anwesenheit seiner sechs Geschwister verhalten und sagte kein Wort während des Essens. Erst als der Hauptgang, Kartoffelsalat mit Schweinebraten und Salat, fast leergegessen war und

nun die Nachspeise, ein Quark mit eingelegtem Obst serviert wurde, taute die ganze Schar auf und jeder schwatzte munter drauf los. Leo und ich allerdings warteten der Dinge, die noch kommen würden. Seine Mutter meinte, daß wir doch bald heiraten sollten und ich könnte ja immer am Samstag zum Putzen kommen. Das fand ich echt dreist von ihr. Ich erklärte, dass ich Schichtdienst hätte und auch am Wochenende arbeiten müsste, so dass das Thema „Putzen" vom Tisch war. Auch wollte ich nach der Ausbildung noch etwas Berufserfahrung sammeln, so dass eine Heirat nicht so bald in Frage kam. Ihr Mann und sie würden den Hof an Leo bald übergeben wollen, dann könnte sie auch mal in Kur und Urlaub machen. Die Kur bräuchte sie dringend wegen ihrer kaputten Kniegelenke, argumentierte sie. Ich nahm mir das zu Herzen und wollte natürlich irgendwie helfen, denn ein Helfer-Syndrom hatten wohl alle Krankenschwestern irgendwie.
Leo fragte mich nach dem Essen, ob ich den Garten sehen wolle. Ich half noch Abtrocknen, da seine Schwester Marie den Abwasch übernahm und danach folgte ich Leo in den Garten. Er führte mich zunächst wieder in den Raum der geräumigen Mühle mit den Schrottrichtern zurück und von dort ins Maschinenhaus, in dem die Turbine, die sich dort automatisch bewegte, einen höllischen Lärm verursachte. Danach kam eine Außentüre aus Holz, die ins Freie führte.

Der Garten war ein Traum. Der Rasen gleich hinter dem Turbinenhaus begrenzte eine Insel, die seitlich mit Holzplanken am Flussrand versehen war, die mit roten Weinranken bewachsen waren, die bis zum Rasen und zum Teil in den Fluss hingen. Das Wasser kräuselte sich um die Ranken und glitzerte im Gegenlicht der Sonne. Auch das Maschinenhaus war idyllisch mit Efeu bis in das oberste Fenster eingewachsen und die Efeublätter glänzten im Sonnenschein. Neben dem Maschinenhaus wurde mit einem großen Rechen das Laub und kleine Äste aus dem Fluss gezogen, damit die Turbine immer mit genügend Wasser beliefert werden konnte und diese nicht Feuer fing.

Am Flussufer war ein grüner kleiner Kahn angeleint, den Leo losmachte, um mit mir ein wenig auf dem Fluss zu paddeln und ein Stück weg von den andern Familienmitgliedern allein zu sein. Nachdem wir unter einer steinernen Brücke hindurch gepaddelt waren und meine Füße ein wenig nass vom Wasser geworden waren, das sich am Boden des Bootes gesammelt hatte, legten wir weiter oben seitlich an und schlenderten am Flussrand weiter. Leo meinte, dass sein Großvater ihm früher mal gezeigt hatte, wie man Forellen, die sich seitlich unter den Grasbüscheln verstecken, mit den Händen fangen könnte.

„Das geht doch nicht!“ beharrte ich. Doch Leo kniete sich an den Rand des Flusses und fuhr ganz langsam mit beiden Händen circa zwanzig Zentimeter ins

Wasser. Plötzlich packte er mit beiden Händen zu und er hatte eine Forelle gefangen und blitzartig mit beiden Händen aus dem Wasser gezogen.
Ich war stark beeindruckt von seiner Fertigkeit, einen Fisch mit seinen beiden Händen zu fangen und liebte ihn dafür umso mehr. Ich erfreute mich auch immer wieder an seinem Lächeln, das mich aufmunterte und seiner positiven Lebenseinstellung. Obwohl wir beide nicht viel Geld zu diesem Zeitpunkt besaßen, waren wir sehr glücklich.
Immer wieder bestärkten Leo und ich uns gegenseitig und freuten uns aneinander. Auch warnte mich Leo, daß er den Hof nicht so schnell übernehmen wolle, da es enorme Verantwortung bedeute, diesen Betrieb, der über eine Million DM wert sei, zu übernehmen und selbständig zu bewirtschaften. Ich wußte damals noch nicht, was in Zukunft auf uns beide zukommen würde und konnte es auch nicht einschätzen, was das bedeuten würde. Ich war so begeistert von seinem idyllischen Garten und dem imposanten Haus, daß ich Leo anstrahlte und dies auch ihm sagte. Seine braunen, lebhaften Augen strahlten zu mir zurück, auch wenn er nicht viel dazu sagte.

27. Im OP

Am nächsten Tag müßte ich wieder im OP antreten und das Leben wurde mit Arbeit gefüllt. Aber nicht nur die Arbeit war neu und anstrengend, manchmal sogar grausam, wenn man bedachte, was alles operiert wurde und manchmal konnte eben nicht mehr geholfen werden, da schnitt man den Bauchraum auf, stellte fest, daß das Gewebe schon nach außen metastasiert hatte und nähte unverrichteter Dinge den Bauch wieder zu und wartete bis der Patient eines natürlichen Todes anhand seines Krebsgeschwüres verstarb.
Zunächst galt es als Springer möglichst schnell die Arbeitsmittel steril zu reichen und möglichst schnell alles, was unmittelbar zur Vorbereitung im OP und zur Vorbereitung des Patienten diente, zum Beispiel eine optimale Lagerung des Patienten zu erreichen, damit dieser steril abgedeckt werden konnte und nur die zu operierende Stelle ausgespart und nicht mit grünen OP-Tüchern verdeckt wurde. Danach kam der Chirurg bzw. Operateur an den höhenverstellbaren OP- Tisch auf dem der Patient zunächst mit einem Tupfer mit Jodtinktur abgewischt wurde. Inzwischen hatte die „sterile OP-Schwester ihre Instrumente auf einem extra kleinen Beistelltisch bereitgelegt, damit sie die Instrumente schnellstens an den Operateur reichen konnte. Manchmal fehlte ein Instrument, das

eiligst aus dem Sterilisationsraum beschafft werden mußte und dann steril an die OP-Schwester gereicht werden musste.
Aller Anfang war sehr schwer für mich, denn es gab weder Unterrichtsstunden noch Bücher, die man für diese Art von Arbeit hätte heranziehen können. Ich versuchte möglichst mir alles zu merken und zu verinnerlichen, doch ich wußste noch viel zu wenig. Meine Kolleginnen waren schon drei Jahre und länger im OP und hatten sich schon eine gewisse Routine zugelegt. Gerade drei von ihnen verdrehten öfter die Augen, als ich nicht schnell genug Dinge beschaffen konnte, von denen ich manchmal gar nicht wußte, wo sie aufbewahrt wurden.
In den Pausen saßen wir dann bei einer kurzen Brotzeit zusammen in einem kleinen Zimmer und das Gehänsel und der Spott nagte mit der Zeit an meinem Selbstwertgefühl. Ich fühlte mich nicht ebenbürtig mit diesen fiesen Kolleginnen, die nichts ausließen, um mir eins auszuwischen. Besonders zynisch war Katie, die alles perfekt erwartete und unverhohlen Raunen und Stöhnen von sich gab, wenn man nicht schnell genug ihr die sterilen Tupfer oder Instrumente reichte. Bettina schimpfte mich in Umkleide, daß das alles viel schneller gehen müsse und ich viel zu langsam sei. Aber was mich wahnsinnig nervte war, wenn Petra wegen mir ihre riesengroßen Kulleraugen zu Katie verdrehte und übereinstimmend mit ihr Grimassen zog, von denen ich annahm, daß wieder

was nicht passte.
Unabhängig von der Arbeit, die sowieso schon schwer genug war, war das Verhalten einiger meiner Kolleginnen mehr als gemein und hinterhältig. Sie bildeten sich ein, über mir zu stehen und sie behandelten mich wie den letzten Dreck.
Immer wenn ich wieder das Mobbing dieser „blöden Ziegen“ nicht mehr ertragen konnte, half ich dem Zivildienstleistenden irgendwelche Putzarbeiten zu verrichten, bloß damit ich nicht in der Nähe dieser bösen Kolleginnen sein mußte.
Meiner Chefin Schwester Imelda blieb die Situation nicht verborgen und sie setzte mich nicht mehr in den drei großen Operationssälen ein, sondern vorwiegend durfte ich dann mit ihr im Augen-OP assistieren. Da ich mich dort bewährte, allein als Springer dort im Einsatz war, bekam ich von meiner Chefin sogar hin und wieder ein Lob für meine Tätigkeit. Ich richtete das Kopfteil richtig ein, damit beiden Katarakt-OPs das Auge die richtige Höhe hatte, durfte alles steril reichen und bediente im Auftrag des Augenarztes sogar das Videogerät während der Operationen, das Mitschnitte derselben aufzeichnete. Aber es gab leider nur zweimal in der Woche Operationen im Augen-OP, so daß ich den Rest der Woche den bösen Zungen meiner Kolleginnen ausgeliefert war.
Manchmal nach Dienstschluss zog ich mich zum Pförtner des Krankenhauses zurück, einem älteren, aber sehr verständnisvollen Mann, bei dem ich mich

ausweinen konnte, wenn die drei Kolleginnen mit ihren barschen Zungen, ihrem intriganten Gehabe und der übertriebenen Mimik den Bogen mal wieder überspannt hatten. Ich war jedes Mal sehr verletzt und wußte mir mit der Zeit nicht mehr zu helfen. Da bat ich meine Personalchefin Schwester Britta um Versetzung auf eine andere Station im Krankenhaus. Doch weil sich niemand anderer vom Personal für die Arbeit im OP begeistern konnte, bekam ich eine Absage von ihr, das hieß, sich weiterhin von diesen unkooperativen Kolleginnen drangsalieren lassen zu müssen.
Natürlich erzählte ich auch zwischendurch mal Leo, wie es so bei uns im OP so abging und er gab mir recht, daß er es auch nicht gut fand, wenn ich weiterhin dort unter diesen Bedingungen arbeiten sollte.
Auch manche Operationen gingen mir ganz schön auf die Nieren, so zum Beispiel eine Amputation des Beines eines Diabetiker , das schon sehr viel abgestorbenes, schwarzes Gewebe aufwies. Bei dieser Amputation mußte ich als unsterile OP-Schwester das Bein auffangen, als es abgesägt worden war und dachte gleichzeitig an meinen Großvater väterlicherseits, dem auch beide Beine amputiert worden waren. Ich glaube, daß ich damals unter Schock stand, denn an diesem Tag fuhr ich nach Hause, um über mein Erlebnis reden zu können. Um solche Erlebnisse zu verarbeiten zu können, brauchte

man einfach jemand, der einen verstehen konnte. Da sämtliche Operationen jedoch unter Schweigepflicht standen, durfte ich nur vage andeuten, was ich erlebt hatte und natürlich weder den Namen des Patienten, noch den der Operateure erwähnen. Jedenfalls dauerte es geraume Zeit, bis ich dieses Ereignis psychisch verarbeitet hatte.
Ähnlich ging es mir bei der Diagnose einer Frau, bei der ein inoperables Mamma-Carcinom diagnostiziert worden war. Die Brust der Frau war schon mit schwärzlichen Krusten überzogen und völlig verändert, daß die Ärzte nur den Kopf vor Entsetzen schüttelten, warum sie nicht schon früher zu einer Vorsorgeuntersuchung gegangen sei, um diesen Brustkrebs im Endstadium erst gar nicht in dieser Form entstehen zu lassen.
Auch Schwester Imelda sah, daß ich unter den drei Kolleginnen litt, die mich mobbten und keine Gelegenheit verstreichen ließen, um sich nicht lustig über mich zu machen. Aber Schwester Imelda hatte auch für sich noch andere Pläne. Obwohl das Kloster es ihr verboten hatte, wollte sie mit Schwester Claudia, ihrer Mitschwester bei den Franziskanerinnen, in Brasilien eine eigene Station für Arme und mittellose Leute aufmachen und leiten. Sie war von heute auf morgen einfach nicht mehr da, hatte Geräte für Ackerbau für die Männer, Nähmaschinen und Stoffe für die Frauen dort in Bolivien mithilfe verschiedener Hilfsorganisationen

besorgt und flog mit Sr. Claudia dorthin, um für die Ärmsten Arbeit und Unterkunft zu besorgen. Damit war meine einzige Stütze gegen die drei bösen Schwestern im OP auch noch weggebrochen und ich vermisste Sr. Imelda sehr.
Inzwischen war ich schon über ein Jahr im OP beschäftigt und ich kam immer mehr zu der Erkenntnis, daß ich nicht länger im OP, zumindest nicht länger mit diesen bösen Kolleginnen arbeiten wollte. So reifte allmählich in mir der Entschluss, entweder nochmal woanders eine Stelle als Krankenschwester anzutreten, oder zu kündigen und Leo zu heiraten….

28. Die Entscheidung

Zunächst redete ich eines Tages im Garten des landwirtschaftlichen Anwesens mit Leo über meine Erkenntnisse. Wir wollten im Erdkeller ein paar Getränke holen, als ich ihn ansprach, was er davon hielt, Nägel mit Köpfen zu machen und standesamtlich zu heiraten! Oder aber ich würde mich noch irgend woanders bewerben. Diese Option sah ich damals als die falsche Entscheidung an und als ich eben schon aufgeben wollte, sagte Leo etwas völlig Unerwartetes: „ Ja, warum nicht. Ich bin mit dieser Entscheidung zu heiraten gewachsen." Ich freute mich riesig, denn ich wünschte mir eigene Kinder und diese würden in einer solch wunderschönen Idylle aufwachsen, träumte ich vor mich hin. Unser Plan hatte nur einen Haken: wie könnten wir unsere Entscheidung unseren Eltern beibringen? Was würden sie dazu sagen?

Ich hatte Leo von psychischen Problemen mal erzählt und er hatte damals gesagt, daß seine Eltern auf keinen Fall erfahren durften, daß ich schon mal Patientin in einer Psychiatrie gewesen war. Das würden seine Eltern niemals gutheißen. Auch durch seine stark autoritäre Erziehung geprägt, war Leo gewohnt, seinen Eltern nie zu widersprechen. So tolerierte ich seine Entscheidung, gegenüber seinen Eltern meine psychische Erkrankung nicht zu

erwähnen und hoffte inständig, nie mehr psychisch krank zu werden, denn sonst bedeutete das das „Aus" für unsere Beziehung.
Ich fügte mich seinem Entschluss und sprach auch mit meiner Mutter über die bevorstehende Heirat. Sie ermahnte mich und riet mir von einer Hochzeit mit Leo ab, weil ich doch keine Bauerntochter sei und gar nichts von Landwirtschaft verstehe. Damals schlug ich ihre Bedenken in den Wind, weil ich von meiner Liebe zu Leo überzeugt war, weil ich nicht länger im OP bleiben wollte, weil ich Kinder wollte und weil ich dachte, dass meine Liebe zu Leo so groß sei, um Gegensätze zu überbrücken und daß ich alles, auch wirklich jede Arbeit in Kauf nehmen würde, selbst landwirtschaftliche Tätigkeiten wie Ausmisten oder Schweinefüttern, Kochen und Putzen, um mit Leo glücklich werden zu können. Ich wollte außerdem nicht länger der Folter des Mobbings durch meine Kolleginnen ausgesetzt sein, so daß mein Entschluss feststand: Ich wollte Leo heiraten, komme, was da wolle.
Aber zuvor planten wir einmal gemeinsam in Italien Urlaub zu machen.

29. Unser Urlaub in Italien

Es war schon Mitte September, als es dann endlich mit dem Urlaub nach Italien soweit war. Ich konnte mich wegen Überstunden und meinen Urlaubstagen im OP eine Woche loseisen und Leo hatte den Hauptteil der Ernte eingebracht, so daß er eine Woche mit mir vom Betrieb frei hatte. Wir verabredeten uns für vier Uhr morgens bei mir, doch Leo hatte verschlafen und kam erst um kurz nach fünf Uhr am Morgen bei mir in Dillingen mit seinem schwarzen VW Golf an. Sogleich packten wir meinen Koffer und meine Taschen ins Auto, auch an Proviant für unterwegs hatte ich gesorgt. Ich freute mich riesig, daß es jetzt doch noch gelungen war, einen gemeinsamen Urlaub durchzusetzen, denn bei einschlägigen Bauersleuten wie den Eltern von Leo war das gar nicht so einfach.

Unser vorläufiges Ziel war Carrara, eine Stadt in Oberitalien, wo auch Marmor abgebaut wurde. Wir fuhren nach circa 6 Stunden Autobahnfahrt die Serpentinenstraße hoch oben, machten dann Halt, weil wir den wunderbaren Ausblick über die Stadt Carrara und die Schichten von Marmor, die man an der gegenüberliegenden Bergwand abbaute, bewunderten. Auch landschaftlich war diese Gegend sehr reizvoll. Carrara lag praktisch im Kessel des Tales unter uns und war von Kiefernwäldern umgeben. Ab und zu spitzelte ein Palme aus dem Häusermeer, das sich treppenartig an die Felswand schmiegte. Wir waren vom Anblick der Stadt so fasziniert, dass wir beschlossen, der Serpentinenstraße, die sich kurvenreich von oben bis ins Tal schlängelte, zu folgen und die Stadt Carrara zu erkunden.

Wir parkten in der Ortsmitte und schlenderten zunächst durch eine gemauerte Altstadt und gingen auch in ein paar Geschäfte. Leo war von den Italienischen Schuhen so begeistert, die wir in einem der Läden fanden, daß er nach vorheriger Probe auch ein Paar braune Lederschuhe für sich kaufte. Da wir noch nicht unsere deutschen DM-Scheine in Lire umtauschen konnten, bezahlten wir die Schuhe eben mit D-Mark und den Restbetrag bekamen wir dann in Lire erstattet. Auch ich fand ein italienisches Kleid, das ich sehr hübsch fand und einkaufte. So kamen wir am Ende der Innenstadt an einen von Stein gemauertem Garten mit der Aufschrift „Oktoberfest" über der Tafel am Eingang. Es waren überall in den Bäumen des Gartens bunte Lichter angebracht, die über den Tischen und Bänken hingen, an denen sich ziemlich viele Leute munter tummelten, lachten und scherzten. Wir fühlten uns gleich heimisch, weil wir an ein Gartenfest erinnert waren und da der Garten an ein Restaurant grenzte, bei dem das Personal emsig Speisen und Getränke nach draußen trug, dachten wir daran dort zu speisen, wo es doch so einladend

aussah.
So verbrachten wir in diesem Garten auch annähernd zwei Stunden, zunächst mit Warten, dann mit Essen der italienischen Küche. Zunächst aßen wir jeweils einen Salat, der mit frischen Kräutern gewürzt war und dann probierte ich eine italienische Pizza, die im Holzofen gebacken worden war und Leo genoss Spaghetti mit Meeresfrüchten, eine Delikatesse für uns Deutsche. Dazu bestellten wir noch Wein und Wasser.
Nachdem wir mit unseren Lire-Scheinen bezahlt hatten, schlenderten wir wieder zum Parkplatz unseres Wagens zurück. Doch was mußten wir feststellen, als wir dort angekommen waren? Wir trauten unseren Augen kaum, als wir sahen, daß unsrer Auto offen stand: die Türen waren weit aufgerissen, die komplette Blende, wo der Radio eingebaut gewesen war, hing herausgerissen nach vorne auf die Sitze, alles Wertvolle war entwendet, Leos Schuhe und mein Kleid waren weg, sämtliche Taschen und Koffer fehlten. Das Ganze war wie ein Alptraum. So hatte ich mir den Anfang unserer Reise nicht vorgestellt. Gott sei Dank hatten wir unser Bargeld und die Kreditkarten bei uns getragen. Wir suchten zunächst die Polizei der Stadt auf, doch die Polizisten verstanden uns nur bruchstückhaft, nahmen zwar zur Kenntnis, daß wir ausgeraubt worden waren, doch hatten sie die Ruhe weg und ich konnte mich des Anscheins nicht erwehren, daß sie

den Diebstahl ziemlich gelassen hinnahmen und so schnell nichts zur Aufklärung desselben beitragen würden.
Wir übernachteten in einem kleinen Gasthof in der Nähe, kauften am nächsten Tag für Leo nochmals die gleichen Schuhe und ein Paar Badeklamotten und fuhren dann Richtung Süden, dem Meer entgegen. Wir ließen uns von diesem Zwischenfall nicht entmutigen und waren trotzdem froher Dinge, denn unser Urlaub war für uns etwas ganz Besonderes, was so schnell wohl nicht mehr machbar wäre. Also versuchten wir diesen unangenehmen Vorfall so schnell wie möglich zu vergessen und genossen unendlich schöne Stunden zu zweit am Meer. Wir liebkosten uns in der Brandung und verwöhnten uns mit begehrlichen Blicken, liebten uns stürmisch und genossen zusammen in der Früh den italienischen Cappucino. Für Mittag nahmen wir nur belegte Brote mit an den Strand und abends suchten wir uns immer ein nettes kleines Restaurant, an dem man einen Blick auf das unendlich weite Meer hatte. Die lichtdurchfluteten roten Sonnenuntergänge am Meer verzauberten den Abend mit Charme und Romantik und wir konnten den Alltag so schnell vergessen. Ich hatte mich zwar eingecremt, doch merkte ich jeden Abend ein Brennen auf dem Rücken, einen leichten Sonnenbrand, den ich mir tagsüber eingefangen hatte.
Abends suchten wir uns ein nettes Restaurant, in dem wir gegrillte Tintenfische mit Kartoffeln und Salat

bestellten und die Italienische Küche anfingen, zu genießen.
Die Urlaubswoche verging wie im Flug und danach fuhren wir guter Dinge nach Hause, wo uns der Alltag wieder schnell einholte.

30. Der Umzug

Mit der Entscheidung, im November zu heiraten, waren die restlichen zwei Monate im OP noch auszuhalten. Ich nahm die gesetzliche Kündigungsfrist wahr und kündigte dann innerhalb der letzten vier Wochen, wobei ich am Schluss noch meinen Resturlaub in Anspruch nahm, so daß die letzten Stunden als OP-Schwester gezählt waren.
Auch bei Familie Schmid kündigte ich meine schöne Wohnung im 1. Stock und Leo half mir Ende Oktober beim Umziehen. Er hatte sich den alten braunen Mercedes mit Anhänger von seinen Eltern ausgeliehen, um den Möbeltransport von dort zu seinem Hof zu bewerkstelligen.
Ich hatte auch sämtliche anderen Gegenstände, Geschirr, Töpfe, Bilder, Kleider und Dekorationen in Kisten gepackt, die wir flugs auf den Anhänger packten und mitnahmen. So waren wir mit dem Umzug in weniger als 5 Stunden fertig und konnten uns auf unsere bevorstehende Hochzeit freuen. Bei Leo im Haupthaus war man aber noch gar nicht richtig auf unseren Umzug vorbereitet, wie ich unerfreulicherweise feststellen mußte.
Wir bekamen im 1. Stock ein gemeinsames Schlafzimmer zugewiesen, aber meine übrigen Möbel und Gegenstände mußte ich in eines der hinteren Abstellzimmer verwahren, denn die Küche beherrschte noch seine Mutter, die ihr gesamtes

Geschirr noch dort gelagert hatte, obwohl das neue Austragshaus nebenan schon über ein Jahr fertig und bezugsfertig war. Wir redeten nochmals mit den Eltern von Leo und zu meiner Überraschung wurde die Übergabe des Betriebs noch hinausgezögert, weil das angeblich mit den Beitragsjahren zur Rentenkasse noch nicht reichte. Außerdem müßten Leo und ich die letzten zwei Geschwister noch ausbezahlen, wenn die Übergabe stattfinden würde.
Um mich im Betrieb einzuarbeiten, mußste ich in der Früh und abends in den Stall gehen. Meine langen blonden Haare band ich immer zu einem Zopf und setzte ein Kopftuch auf, um den Geruch von Scheinen und ihren Fäkalien möglichst gering zu halten. Damals war im unteren Stallgebäude nichts saniert und man musste von Hand sowohl bei den Zuchtsauen als auch bei den Ferkelställen füttern und ausmisten. Erstens war es eine sehr mühsame, schwere Arbeit und zweitens klebte der Gestank vom Stall überall am Körper an Kleidern und Haut und Haaren. Um sechs Uhr war jeden Tag Aufstehen angesagt, um ohne Frühstück für mehr als zwei Stunden Stallarbeit zu bewältigen. Leo, sein Vater und ich waren zu dieser Arbeit eingeteilt, Leos Mutter hatte zu dieser Zeit schon die Fürsorge für die Enkelin Elisabeth übernommen und kam jeden Morgen mit dem jammernden Säugling unten in die Küche, die genau unterhalb unseres Schlafzimmers lag. Ich hörte dann, wie sie den Ofen anschürte, einen uralten

großen Holzherd, auf dem man auch kochen mußte und der zusätzlich zur spärlichen Wärme der Ölheizung die geräumige, über drei Meter hohe Küche beheizte. Die kleine Elisabeth weinte oft, wenn sie in eine Ecke der Küche abgesetzt wurde, wurde aber nicht weiter beachtet. Zunächst holte Leos Mutter Semmel aus der Gefriertruhe der Speisekammer, buk diese im Ofen nochmal auf und diese wurden dann zum Frühstück verspeist. Dann las sie die Zeitung und gab auch der kleinen Elisabeth etwas zu essen. Oft kamen wir erst nach zweieinhalb Stunden vom Stall in die Küche zum Frühstück. In der Früh beim Aufstehen war mir manchmal schwindelig, weil ich nichts im Magen hatte, aber wenn man körperlich so schwer arbeiten mußte, kam der Kreislauf schnell in Schwung. Am Anfang fiel mir die Umstellung von meiner bisherigen Tätigkeit im sterilen OP zur unsterilen Stallarbeit schon schwer. Es war wie Tag und Nacht schon aus hygienischer Sicht, aber nörgelnde Mitschwestern, die mich mobben konnten, gab es Gott sei Dank nicht.

31. Die standesamtliche Hochzeit

Fürs Standesamt kaufte ich mir ein grau kariertes feines Kostüm und Anfang November fand die standesamtliche Trauung in der Amtsstube des Bürgermeisters der Nachbargemeinde statt. Meine Eltern und Geschwister und Leos Familie waren anwesend, soweit die berufliche Situation es zuliess und wir waren sehr glücklich über unsere Entscheidung und strahlten an diesem Tag besonders aus vollem Herzen.

An jenem Abend unserer Hochzeitsnacht tauschten wir noch ein paar Worte. Ich sprach voller Enthusiasmus, dass es uns jetzt erlaubt ist, Kinder zu zeugen und daß wir jetzt nicht mehr aufpassen müssten, daß nichts passiert. Leo war ganz meiner Meinung und wir liebten uns am Anfang jede Nacht, so dass es kein Wunder war, daß nach einem Monat bei mir die Periode ausblieb und ich vermutete, schwanger zu sein. Daraufhin ließ ich mir einen Termin beim Frauenarzt geben. Als der Frauenarzt meine Schwangerschaft bestätigte, war ich überglücklich, fuhr nach Hause und hielt den Wagen unten beim Stalleingang, von dem Leo gerade herauskam. Er lachte und fragte: „Und, wie siehst`s aus?"

Ich lachte ihn an und nickte bestätigend. Er wußte sofort Bescheid. Ich war zum ersten Mal schwanger

und die Schwangerschaft machte sich auch in Übelkeit und Erbrechen bemerkbar. Immer wenn ich morgens zum Dienst im Stall antreten mußte, sprang ich zuerst zur Toilette und erbrach mich. Während der Stallarbeit, besonders bei der niedrigen, gedrungenen Höhe der Abferkelställe konzentrierte sich der intensive Geruch der Exkremente der Schweine. Mir wurde ständig übel und ich mußte mehrmals während der Stallarbeit erbrechen.
Ich nahm während der ersten vier Monate sehr an Gewicht ab und der Frauenarzt injiezierte mir Vitaminspritzen, um den Vitaminhaushalt von mir und meinem Baby zu gewährleisten. Er sprach auch von einem Krankenhausaufenthalt als Alternative zu den Vitaminspritzen, denn ich konnte selbst Kamillentee nicht bei mir behalten.

32. Der Alltag am Hof

Just zu dieser Zeit ging die Schwiegermutter auf Kur und überließ mir auch den ganzen Haushalt allein. Auch meine zukünfige Schwägerin Resi und der Bruder Emil von Leo begannen damals, ihr Haus im Neubaugebiet zu bauen und engagierten die sieben Brüder von Resi und ihren Vater. Selbstverständlich hatte meine Schwiegermutter die Verköstigung dieser Truppe angefangen, und ich als „Mädchen für alles" mußte die Verwandtschaft von Resi noch zusätzlich zu den eigenen Arbeitern, die für den Hof im Einsatz waren, bekochen.

Ich fand es ungerecht, auch noch für die Baustelle von Resi und Emil, also für 8 Männer mehr zu kochen, und fragte meine Schwester ob sie mir wenigstens an den Samstagen mit dem Kochen helfen könnte.

Resi ließ sich unter der Woche gar nicht sehen und am Samstag machte sie dann für ihre Bauhelfer belegte Brote und brachte diesee zur Baustelle. Allerdings brauchte sie so lange bis sie wiederkam, daß ich das Fleisch schon mal anbraten mußte. Weil ich den Geruch von angebratenem Fleisch auch nicht während der Schwangerschaft vertrug, sprang ich jedes mal auf die Toilette und erbrach mich. Es war für mich eine Tortur, dies alles zu überstehen. Besonderes dann, wenn ich mit meiner

Schwiegermutter zusammen kochen mußte, dröhnte sie mir während der Koch- und Spülzeit die Ohren voll und erzählte von ihren Kindern und deren Erlebnissen. Auch klagte sie auch über die Arbeit von früher, daß sie immer mit in den Stall gehen mußte und so viel Arbeit da war. Bei sieben Kinder sei die Arbeit einfach nie ausgegangen. Obwohl ihre Kinder alle schon erwachsen waren, meinte sie, sich immer wieder selbst bemitleiden zu müssen und jammerte in einem fort, daß sie ja gesundheitliche Beschwerden hätte und bald ein künstliches Kniegelenk bräuchte. Immer wieder quasselte sie die gleichen Phrasen und Erlebnisse, so daß ich bald nicht mehr hinhören konnte und mir beinahe übel bloß von dem einseitigen Geschwätz wurde.
Erst sehr viel später erfuhr ich von der Schwägerin Ilse meiner Schwiegermutter Berta, dass diese sehr viel Hilfe von ihrer Verwandtschaft und auch von der bescheidenen Oma immer Hilfe für Haushalt und Kinder bekommen hatte. Die bescheidene Großmutter ihrer Kinder zog sich in ein kleines Austragshaus im Ort zurück und kam nur zum Helfen an den Hof. Sie badete jeden Samstag die ganze Kinderschar, so daß sie fertig waren, wenn meine Schwiegermutter vom Stall kam. Kindergarten war in den Zeiten von Bertas Kindern früher den ganzen Tag bis 18 Uhr abends, so daß unter der Woche unter Tags die Kinder beschäftigt waren. Es gab damals auch noch eine ledige Tante, die die Küchenarbeit erledigte. Soviel zu

meiner „beklagenswerten“ Schwiegermutter Berta. Sie hatte außerdem ihre eigene Ansicht, jemand zur Arbeit zu motivieren und anzuhalten. Wie ich später noch erfahren sollte, setzte sie sich auch gegenüber ihrem Ehemann immer durch, auch wenn sie im Unrecht war, mußte dieser sich bei ihr entschuldigen. Überdies bekam der Ausspruch meiner Schwiegermutter immer wieder Bedeutung: „Wer nicht lang fragt, geht nicht irr!“ Das war der Freifahrtschein für so manche Bosheit, die mich durch ihre Verhaltensweise immer wieder in Rage brachte.
Vor unserer Ehe bzw. am Anfang als ich an den Hof kam, bemühte ich mich nach Leibeskräften, es allen recht zu machen. Ich putzte, schrubbte und saugte vier Autos sauber, nachdem ich im Stall meine Arbeit erledigt hatte, half dann beim Kochen und Abspülen, nachmittags putze ich Fenster. Abends war dann wieder Stallarbeit angesagt, wobei ich vor, während und nach dem Stall erbrechen mußte, da ich den intensiven Geruch der Schweine während der Schwangerschaft nicht vertrug.
Außerdem begannen wir mit dem Umbauarbeiten im Haupthaus, das man von Grund auf sanieren mußte. Durch die ganze Wohnung wurde eine 70 Zentimeter Tiefe Rinne mit Maschinen und Pickel herausgeschlagen, damit man Wasserrohre verlegen konnte. Bis zu diesem Zeitpunkt war das Spülwasser der Küche in den nahegelegenen Fluss abgeleitet

worden, so daß neue Wasserleitungen und Ableitungen schon aufgrund der Umweltauflagen unumgänglich waren. Die Neuplanung übernahm meine tüchtige Schwester, die Architektin war. Im Obergeschoss wurde zu den Schlafräumen ein Bad eingeplant und im Erdgeschoss eine Schmutzschleuse mit Dusche, Küche, Wohnzimmer, Büro, Spielzimmer oder Haushaltsraum, Speisekammer und Toilette.
Wo vorher nur ein Aufenthaltsraum mit altem Sofa und Schrank gestanden hatte, wurde die Waschküche mit Schmutzschleuse eingeplant, die sehr praktisch nicht nur für die Reinigung von Stallklamotten und Gummistiefeln, sondern auch für kleine Kinder zum Umziehen war, wie sich bald darauf herausstellen sollte.

33. Hofübernahme

Trotz vieler Versprechungen den Hof an Leo bei unserer Hochzeit zu übergeben, wurde der Termin immer wieder verzögert. Ich dachte, daß meine Liebe zu Leo sämtliche Brücken überwinden könnte und wir trotz der vielen Hürden glücklich sein könnten. Verliebt wie ich war, nahm ich all die schwere und körperlich sehr anstrengende Arbeit in Kauf, weil ich mir Familie und Kinder inniglich wünschte und ich dachte mir, auf dem Land würden sie sehr viel besser aufzuziehen sein als in der Stadt, wo die Bedingungen einer freien Erziehung nicht gegeben waren. So idyllisch das Bauernhaus mit angrenzendem Fluss mit Efeu umringt anzusehen war, so gefährlich war auch der Fluss für kleine Kinder, die noch nicht schwimmen konnten. Neben und hinter dem Haus, wo sich der Fluss hinzog, war nirgends ein Zaun angebracht zu diesem Zeitpunkt. Daß das Wasser für kleine Kinder eine ständige Anziehungskraft ausübte, war mir zu diesem Zeitpunkt noch nicht klar.
Eines Nachts gab es ein orkanartiges Gewitter und Blitze durchzogen die Nacht. Donner grollte und Regen peitschte gegen die Mauern. Von dem Unwetter aufgeschreckt, konnte ich nicht mehr schlafen und machte Licht, weil ich nach Leo sehen wollte, der wohl noch irgendwo auf den Feldern unterwegs war. Plötzlich ging das Licht aus und ein Ohren betörender, schriller Glockenalarm setzte ein.

Hochschwanger stand ich im Gang im ersten Stock vor der steilen Treppe, die nach unten führte! Im Dunkeln! Ich bekam Angst und mir graute vor der Dunkelheit. Was war das für ein Lärm? Warum gab es Alarm so laut und schrill? War vielleicht Feuer ausgebrochen? Hatte der Blitz irgendwo ins Haus eingeschlagen? Beunruhigt schrie ich : „Leo, bist du da? Hilfe!“
Urplötzlich hörte ich Schritte im unteren Bereich und der Schwiegervater, der mit seinen Stiefeln durch die Küche in den unteren Gang gekommen war, rief mir zu: „Das ist der Turbinenalarm. Hat dir das keiner gesagt.“ Flugs ging er wieder zurück durch die Küche und es dauerte keine fünf Minuten, da war der Alarm abgestellt und das Licht ging wieder an. Was für ein Höllenhaus! Meine Nerven waren sehr strapaziert durch diesen Lärm und sicherlich auch nicht förderlich für ein Ungeborenes, das die Angst und den Schrecken im Mutterlaib mitfühlen konnte.
Ständig waren polnische oder deutsche Arbeiter beim Mittagessen da und ich mußte oft für mehr als zehn Personen kochen. Bis alles abgespült und aufgeräumt war dauerte es bis nach zwei Uhr und da mußte dann schon ans Servieren für den Kaffee mit Kuchen gedacht werden. Man mußte alleszur Baustelle außerhalb der Hofstelle fahren, sämtliche Tassen und Teller in Körben, wo sich die Arbeiter gerade aufhielten. Abends um 18 Uhr kamen alle Arbeiter zur Brotzeit wieder in die Küche und die Polen

schliefen im Haus. Jedes Mal, wenn ich oben aus dem Badezimmer kam, schaute ich mich erst kurz um, ob wieder ein fremder Arbeiter die Treppe hochkam, oder ob ich ungeniert in mein Schlafzimmer gehen konnte. Da mittlerweile die Umbaumaßnahmen auch im Haus begonnen hatten, war das ganze Haus eine einzige Baustelle. Die Wasserleitungen wurden neu verlegt, das Wasser abgestellt. Jetzt konnte man sich nicht mal mehr waschen oder duschen. Die Schwiegermutter bot mir nicht an, dass ich drüben bei ihr duschen könne und ich war zu stolz, um sie zu fragen. Ich ging in meinem schwangeren Zustand hinaus an den Fluss und holte mir dort etwas Wasser zum Waschen. Leo ging natürlich schon hinüber zu seinem Elternhaus, um sich zu duschen - jeden Abend!
Da jeden Morgen zum Frühstück der Schwiegervater mit anwesend war, war es mir unmöglich, Leo auch mal einen Kuss oder Zärtlichkeiten auszutauschen. Nicht mal ein Gespräch kam beim Frühstück zustande, da Leo als auch der Schwiegervater Pius - jeder in seine Zeitungshälfte vertieft war und schweigsam sein Frühstück einnahm. Ich saß in der Mitte am Tisch und langweilte mich, denn ich bekam keine Zeitung. Aus Protest stand ich oft auf und ging ins Turbinenhaus, um Wäsche aufzuhängen, eigentlich um den schweigsamen Personen zu entgehen, da ich das so nicht ertragen konnte. So fehlte Leo und mir einfach am Anfang unserer Ehe

die gemeinsame Zeit, uns zusammenzuraufen. Auch jegliche Intimität wurde durch die Anwesenheit des Schwiegervaters unterbunden. Die Schwiegermutter genoss anscheinend die Abwesenheit ihres Mannes in ihrem neuen Austragshaus.
Was ich noch unbedingt erwähnen muss, ist , wie der Auszug der alten Küche und Küchengeräte ins neue Austragshaus vollzogen wurde. Der Umbau und die Bestellung, bzw. Anfertigung der neuen Küche war auf Mitte Juli gelegt worden. Die neuen Küchenmöbel und der Küchenboden sollten am folgenden Tag verlegt werden, da waren immer noch sämtliche Töpfe, Tassen und Teller der Schwiegermutter in der Küche des Bauernhauses, in das die neue Küche eingebaut werden sollte.Ich war im achten Monat schwanger , hatte schon ein ganz beträchtliches Bäuchlein und außerdem hatte ich jede Nacht Schmerzen in den Armen, weil sich Wasser in den Armen aufgrund der Schwangerschaft angesammelt hatte. In diesem Zustand fing ich an, die schweren, gusseisernen Töpfe der Schwiegermutter auszuräumen und meine Mutter, die zufällig zu Besuch war, trug sie ihr dann hinterher. Dabei fing meine Schwiegermutter dann zu heulen an, weil sie es nicht verkraften konnte, aus ihrer alten Küche zu weichen und meine Mutter tröstete sie noch und schalt mich, wie ich es fertigbrächte, so grausam zu sein und auszuräumen. Ich fühlte mich so elend und überflüssig, so entnervt und völlig fehl am Platz.

Mein Gefühl trog mich nicht, ich war für die Schwiegermutter Schuld an dem Dilemma, daß sie aus ihrer alten Umgebung weichen musste. Wahrscheinlich hasste sie mich von diesem Augenblick an, weil ich ihren vertrauten Platz einnehmen sollte. Es war für mich das reinste Martyrium. Ich wollte ihr doch nicht weh tun, doch unweigerlich durch meine Anwesenheit und die unwiderbringlichen Begebenheiten und Neuerungen, die die Macht der Gewohnheit aushebelten, war ich ihre Feindin geworden: die böse Schwiegertochter!
Als Leo abends dann kam, sagte ich ihm, daß ich diesen Zustand mit seiner Mutter nicht mehr aushalten könne und ging zur Haustüre, um zu gehen. Er rannte mir hinterher und meinte, daß es so schlimm niemals mehr werden würde, weil doch alles gut werden könnte. Doch so wie ich seine Mutter bereits erlebt hatte und sie mich bis zu diesem Zeitpunkt als Magd missbraucht hatte, konnte ich das nicht mehr glauben.
Wenn ich damals gegangen wäre, wäre wohl mein restliches Leben anders verlaufen.

34. Alltag als Bäuerin und Mutter

An einem heißen Augusttag nach der Ernte wurde nach 13 Stunden Wehen mein erster Sohn Georg geboren. Ich war sehr stolz auf mein Kind und Leo, der die Geburt am Schluß miterlebt hatte, hielt unseren Sohn in seinen Armen.
Nach dem Krankenhausaufenthalt kam ich nach Hause und in glücklichen Momenten fotografierte ich unseren kleinen, süßen Sohn auf seinem kuscheligen Schaffell, weil ich diese Momente für mich immer festhalten wollte.
Ich wünschte so sehr mehr Zeit für meinen Sohn zu haben und ihn ab und zu mal selbst länger spazieren fahren zu dürfen, aber es war so viel Arbeit zu bewältigen und dadurch dass die Turbine durchgehen und Feuer fangen könnte, schärfte mein Schwiegervater mir ein, nicht das Haus zu verlassen. Damit ich den Alarm der Turbine hören konnte, wenn dieser ansprang und die Turbine durchging,wurde das Rad dann immer schneller und konnte nur per Hand wieder abgedreht werden.
Einmal stellte der Schwiegervater mich auf die Probe, ob ich sofort reagieren würde und das Rad abdrehen könnte. Er verursachte selbst den Alarm. Hochschwanger war ich ins Turbinenhaus gestolpert und hatte versucht, das schwere Eisenrad mit der Hand in die andere Richtung zu drehen. Das Wasser s

war unter mir durch die Turbine geschossen und ich hatte Blut und Wasser geschwitzt, damit die Turbine, die zur Stromgewinnung beitrug, endlich abgestellt werden konnte. Ich hatte alle meine Kräfte aufgeboten, um die Maschine zum Stillstand zu bringen.
Erst dann zeigte sich der Schwiegervater zufrieden und sagte, daß er vorher nicht geglaubt hatte, daß ich das Turbinenrad abdrehen könnte.
Da ich von der ersten Geburt wahrscheinlich noch geschwächt und von dem Alltagsstress und der ganzen Arbeit geschlaucht war, bekam ich eines Tages fürchterliche Bauchschmerzen. Beim Wasserlassen ging viel Blut mit ab in die Toilette. Nachdem die Schmerzen nicht nachließen, rief ich meine Tante Linda an, die von Beruf Hebamme war. Sie meinte, daß die Gebärmutter noch nicht bereit für eine weitere Geburt gewesen sei und tröstete mich, dass ich doch noch weitere gesunde Kinder bekommen könnte.
Ich kam eine Weile gar nicht mehr von der Toilette herunter, weil so viel Blut abging und machte mir Gewissensbisse, vielleicht etwas falsch gemacht zu haben. Meine Tante stand mir telefonisch in diesen schweren Stunden bei.
Ein paar Tage danach mußte ich auf anordnung meines Frauenarztes eine Ausschabung, auch genannt „Abrasio“, im Krankenhaus über mich ergehen lassen. .
Ausgerechnet ein Jahr nach meiner Kündigung im OP

kam ich mit meinen ehemaligen Kolleginnen wieder auf diese Weise in Kontakt, wo ich doch gehofft hatte, diesen bösartigen Frauen nie mehr begegnen zu müssen!
Ich war schon sediert auf dem OP-Tisch, als Isolde mich fragte, ob ich einen Abgang gehabt hätte. Ich nickte ihr zu und war schon benommen von der Sedierung vor meiner OP.
Dann bekam ich nur noch bruchstückhaft mit, wie sie mir die Beine gespreizt hochlegten, damit der Gynäkologe seine Arbeit verrichten konnte.
Nach der OP erwachte ich im Krankenzimmer und von der Narkose war mir schlecht. Gleichzeitig fühlte ich mich hundeelend und trauerte meinem ungeborenen Kind nach. Nach 2 Tagen Krankenhausaufenthalt wurde ich nach Hause entlassen, wo mich nichts als Arbeit erwartete und mein kleiner Sohn Georg, der schon wieder ein bisschen gewachsen war. Ichtröstete mich an meinem kleinen goldigen Jungen, der mir ein Trost war und mir Freude bereitete.
Das große Haus war erschreckend dunkel im Gang und den ganzen Tag war ich allein mit Georg. Nach dem Essen richtete ich ihn in den Kinderwagen, weil ja jeden Moment Tante Adda von hinten in die Küche kommen konnte. Sie nahm Georg dann immer mit dem Kinderwagen auf Spaziergänge mit. Ich spülte dann noch das Geschirr und konnte noch etwas Putzen oder Einkäufe erledigen, weil im Frühjahr ja

ein paar Arbeiter aus Polen beim Umbau des Stallgebäudes mitarbeiteten und auch bei uns aßen und schliefen. Auch die ganze dreckige Arbeitskleidung mußte ich waschen und flicken. Emil, der als Metzger immer noch fast jeden Samstag zusätzlich für die Verwandtschaft schlachtete, hatte seine Gewürze bei mir im Schrank meiner Waschküche deponiert.
Wie jeden Samstag hatte ich alles schön geputzt, da verschüttete er wieder seine Gewürze in meiner Waschküche beim Abwiegen und stapfte mit seinen Dreckstiefeln in meiner geputzten Waschküche.
Ich fragte mich jeden Samstag aufs Neue, was ich dagegen machen könnte, weil es mich einfach ärgerte, daß seine Gewürze in meiner Waschküche lagerten. Außerdem fuhren jeden Samstag in der früh sechs bis acht Autos wegen der Schlachterei in den Hof und störten meine Ruhe. Wann sollte endlich das Schlachthaus von Emil und Resi zu sich ins eigene Haus verlegt werden, wie auf deren Bauplan vorgesehen war? Ich hasste die Schlachterei und hasste auch die Zerkleinerung der fettigen Fleischstücke mit Resi und der Schwiegermutter, wenn unsere eigene Sau geschlachtet wurde.
Das ganze Fleisch mußte von mir danach verpackt und beschriftet werden. Emil zerkleinerte das Fleisch und gab Gewürzmischungen und Salz hinzu. So entstanden dann Wurstsorten, die ich eh nicht so gern aß, weil es immer die 3 gleichen Wurstsorten waren:

Leberkäse, Streichwurst und roter und weißer Pressack. Wie gern hätte ich mal zwischendurch eine andere Wurst beim Metzger gekauft, aber wir mußten ja sparen, weil der Hausumbau schon 60000 DM auf Kredit gekostet hatte und Leo vorher ja nie anständig bezahlt worden war und wenig angespart hatte. Mit einem Hilfsarbeiterlohn von 600 DM hatte er sich zufrieden gegeben, vor der Betrieb übergeben worden war.
Auch die zwei jüngsten Geschwister mußten von uns in Bar ausgezahlt werden, jeweils 50000DM und der Umbau des Stallgebäudes kostete auch zwischen 200000 und 300000 DM. Am Anfang standen wir verschuldet da und konnten uns nichts Außergewöhnliches leisten. So fügte ich mich meinem Schicksal und schluckte die bittere Pille der Entbehrung, Arbeit und Isolation.
Wenn ich als Trost nicht mein Kind gehabt hätte, weiß ich heute nicht, ob ich geblieben wäre. Ich hielt mir immer vor Augen, daß es ja eines Tages besser werden würde und Leo mehr Zeit mit mir verbringen würde und wir vielleicht mal zusammen wegfahren könnten, aber der triste Alltag holte mich immer wieder auf den Boden der Tatsachen. Das frühe Aufstehen fiel mir schwer. Erstens war ich immer noch gerädert, weil ich wegen Georg öfter in der Nacht aufstehen mußte und zweitens war ich 3 Monate nach meinem Abgang erneut schwanger und erbrach mich in den ersten 4 Monaten der zweiten

Schwangerschaft aufs Neue.
Sicher wünschte ich mir noch ein weiteres Kind, aber ich war noch sehr mitgenommen von all den vorherigen Strapazen. Außerdem lief der Umbau in vollen Zügen und ich hatte jeden Tag mindestens acht bis zehn zusätzliche Arbeiter zum Essen da: den Schwiegervater, Leo und meist auch Waldarbeiter und einen guten Freund von Leo, der bei uns auch auf den Baustellen mithalf.
Leo war oft müde am Abend um 22 Uhr, wenn wir uns schlafen legten und ich wußte mit meiner Leidenschaft und Hang zur Zärtlichkeit und Nähe nichts Besseres als ihn unter der Bettdecke zu streicheln bis ich seine Aufmerksamkeit besaß.
Ich wollte ihn fühlen, wenn er in mich eindrang und durch die Schwangerschaft hatte ich erst recht das Bedürfnis, geliebt zu werden. Natürlich waren wir vorsichtig beim Sex, nicht zu stürmisch, um das Leben des Ungeborenen zu schützen. Unter Tags war keine Intimität möglich, oft nicht mal ein Kuss. Ich hätte mir am Anfang oft gewünscht, mal nach dem Frühstück von ihm in die Arme genommen zu werden oder mal einen Kuss zu bekommen, aber dadurch daß immer der Schwiegervater anwesend war, wurde jede Zärtlichkeit zwischen uns ausgebremst.
Kurz vor Weihnachten im zweiten Jahr nach der Hofübernahme war ich dann im 5 Monat schwanger und die Vorbereitungen für den Fischverkauf standen an. Es war Dezember und an jenem Morgen hatte es

viel Schnee.
Wir schlachteten und putzten die Forellen, als ich plötzlich feststellen mußte, daß der kleine Georg mit seinen fast 1,5 Jahren nicht mehr im Schlachthaus anwesend war. Ich ließ alles stehen und liegen, rannte aus dem Schlachthaus und schaute zuerst, ob das Tor zum hinteren Garten, wo sich der Flusslauf befand, offen oder geschlossen war. Das Tor stand offen und ich sah gedanklich schon eine Kinderleiche auf dem Fluss schwimmen. Ich schrie den anderen zu, sie sollen mir bei der Suche nach Georg helfen. Mir schwebte nichts Gutes vor, zumal ich zuvor immer wieder gedrängt hatte, einen Zaun am Fluss entlang zu errichten. Bis zu diesem Zeitpunkt war nirgends ein Zaun angebracht, weder vorne noch hinten im Garten am Fluss entlang. Wie leicht konnte da ein kleines Kind hineinrutschen und ertrinken!
Der Schwiegervater suchte den hinteren Garten ab, Leo im Hofbereich und ich vor und neben dem Haupthaus. Im Schnee fand ich Georg zwischen unserem Haus und dem der Schwiegereltern gerade mal 5 Meter vom Fluss entfernt wimmernd vor einem Busch. Mir fiel ein Stein vom Herzen und ich dankte Gott, daß er ihn beschützt hatte. Ich herzte ihn, und hob ihn erleichtert auf und schwor den Männern, daß ich die Pfähle eigenhändig in den Boden rammen würde, damit endlich ein Zaun am Fluss angebracht würde!

35. Mein zweiter Sohn

Im April des folgenden Jahres gebar ich einen zweiten Sohn Daniel. Er war blond und hatte eine sehr helle Haut. Er war anders als Georg, der dunklere Haut und dunklere Haare hatte, aber im Laufe des Sommers einen Schimmer goldener Strähnen durch die Sonne bekam. Georg war jetzt 1 Jahr und 8 Monate und spielte gern Sand und stromerte mit seinem Bobby-Car im Hof umher. Seinen kleinen Bruder wollte er im Krankenhaus mit der der Bürste kämmen und ich konnte ihn gerade noch abhalten, seinem kleinen Bruder durch die flaumigen Haare zu fahren. Liebevoll nahm er auch seinen kleinen Bruder in die Arme, brauchte er ihn doch dringend als Spielkamerad!

Auch die ganze liebe Verwandtschaft, die Schwiegermutter Berta, Resi und Marie, die Schwester von Leo, meine Eltern, meine ehemaligen Kolleginnen, meine Freundin Tina mit deren kleinen Kindern hatten mich im Krankenhaus nach der Geburt von Daniel besucht. Bei der zweiten Schwangerschaft hatte ich nicht mehr so viele Wassereinlagerungen wie in der ersten, weil ich auf meine Ernährung geachtet hatte und ab und zu Brennesseltee prophylaktisch getrunken hatte.

Die Geburt war leider wieder mit einem Dammschnitt vollzogen worden, aber alles war soweit gut verlaufen, nicht wie bei Georg ganze 13 Stunden

Wehen, sondern nur 4 Stunden Wehen in der Nacht. Als die Hebamme ihn aus dem Geburtskanal zog, sagte sie begeistert: „Das ist ein Blonder!“ Mit Käseschmiere bedeckt, sah man schon ein wenig seine blonden Härchen, aber als er dann gebadet war, strahlte ich meinen Daniel an und legte ihn an meine Brust, damit die Muttermilch einschießen und ich mein Baby dann stillen konnte. All die Wehenschmerzen, der große Bauch, die Rückenschmerzen kurz vor der Schwangerschaft waren durch die Geburt von Daniel vergessen.
Leo hatte mich in die Klinik begleitet und war bei mir bis zum Schluß geblieben, obwohl die Hebamme sein fahles Aussehen zwischendurch negativ kommentiert hatte und meinte, dass er auch rausgehen könnte, wenn ihm nicht gut ist. Er war aber bei mir geblieben und hatte mir beigestanden.
Ich war so glücklich, ein zweites Kind, einem gesunden Sohn das Leben geschenkt zu haben. Leo betrachtete auch sehr stolz seinen zweiten Sohn, war er doch ein liebender Vater auch zu Georg bisher gewesen und hatte diesen beim Frühstück immer fest mit gefüttert. Er hatte zwar sehr wenig Zeit wegen der vielen, anstrengenden Arbeit, die es auf dem Hof gab, aber er war ein guter Vater und liebte seine Kinder. So nahm er auch Daniel in seine Arme und betrachtete ihn voller Stolz und Zuneigung. Er gab mir noch einen Kuss zum Abschied, als er sich in aller Früh verabschiedete, denn die Stallarbeit mußte wieder in

Angriff genommen werden.
Fiona besuchte mich am letzten Tag bevor ich aus dem Krankenhaus entlassen wurde und brachte einen kleinen Bademantel als Geschenk für Daniel mit.
Fiona war die ehemalige Freundin von Friedrich, der jeden Morgen das gemeinsame Kind Elisabeth bei der Schwiegermutter nach ihrem gemeinsamen Frühstück überließ und die Kleine dann den ganzen Tag in die Obhut der Schwiegermutter gab. Fiona studierte noch Kunsttherapie und war unter der Woche meist im Studium und überließ Friedrich das gemeinsame Kind. Sie unterstrich auch immer wieder, dass sie ja getrennt wären und keine Beziehung mehr hätten, wohnte aber doch im gleichen Haus mit Friedrich und angeblich hatten sie keinen Sex miteinander und lebten wie Bruder und Schwester. Da die Trennung ja für Friedrich sehr schlimm war, dachte er an eine Hausaufteilung und baute so sein Haus um, dass im hinteren Teil seines Hauses eine extra Wohnung entstehen würde und Fiona mit dem Kind bei ihm in der Nähe bleiben könnte.
Er war immer sehr schlampig gekleidet, oft barfuß und hatte meist dreckige Füße. Außerdem hatte er eine sehr schuppige Haut und hatte eine unansehnliche Brille, die so dick war, dass man nur verschwommen seine Augen wahrnehmen konnte.
Angeblich war das Kind Elisabeth in der Studienzeit der beiden als "Unfall" passiert und Friedrich hatte Fiona angefleht, das Kind zu behalten.

Fiona war aber kein Kind von Traurigkeit, denn immer wieder tummelten sich andere Männer im Garten von Friedrich, als dieser in der Arbeit war. Auch geheime Beziehungen zu einem verheirateten Kinderarzt kamen ans Licht, als dessen Ehefrau postwendend bei Fiona auftauchte und um ihren Mann kämpfte. Die Schwiegermutter Berta vertraute mir sogar eines Tages an, dass Fiona nicht mal vor Friedrich`s Bruder Otto Halt gemacht hätte und zu ihm nach Dresden extra gefahren war, um ihm ihre Liebe zu gestehen. Otto hielt aber nichts von dieser Idee, war er doch gesundheitlich seit seiner Kindheit angeschlagen und hatte Theologie studiert. Er vertraute sich immer der Schwiegermutter an, die die zentrale Anlaufstelle ihrer Kinder war.

Im Sommer nach der Geburt von Daniel wurden die Dächer des Stallgebäudes und das Dach vom Haupthaus neu gedeckt. Dazu waren größtenteils polnische Arbeitskräfte, sowie Verwandtschaft und Freunde von Leo beteiligt, die es galt alle satt zu bekommen. Ich müßte große Mengen einkaufen und kochte jeden Tag für 10 bis 15 Leute, an den Samstagen waren es noch mehr, da dann auch Leute helfen konnten, die unter der Woche woanders arbeiteten. Gerade in dieser hektischen Zeit lud sich Kurt mit seiner Frau und seinem Kind auch bei uns ein. Die Frau von Kurt konnte wohl nicht richtig kochen, so daß sich Kurt nicht anders zu helfen wußte, als nach Hause zu fahren und sich bei seiner Mutter anzumelden. Diese half an den Samstagen damals bei mir zur Essenszubereitung aus und schlürfte um halb elf oft erst zu mir herüber, um mir am Schluss noch zu helfen. Da war das Fleisch bereits angebraten, bzw. im Ofen, die Kartoffeln abgekocht und der Salat geputzt , so daß ich mich irgendwann fragte, ob ich mir das antun soll, auch noch ihren Besuch jeden Samstag mit zu bewirten, denn Kurt und seine Frau hatten sich bei ihr telefonisch angemeldet, saßen am Samstag Mittag aber bei mir mit am Tisch. Nachdem ich schon alle Arbeiter verköstigt hatte, musste ich nochmal mit Salat putzen, Kochen und Servieren für Kurts Familie anfangen. Es war eine Zumutung für mich, die Schwiegermutter jedoch nahm das alles gelassen hin und für selbstverständlich, daß ich auch für ihre Gäste kochte. Sie wollte für ihre Gäste ja nicht extra nochmal kochen, so fand alles bei mir statt. Das war so drei oder vier Samstage hintereinander, weil ja der Kurt hinten im Garten nach seiner Bienenzucht schauen wollte und seinen Honig davon gewann. Wenn das so weiterging, würde ich nie fertig mit meiner Arbeit, wo ich eh schon genug hatte mit den ganzen Arbeitern. Für Sonntag mußte ich dann oft noch Kuchen backen, damit auch die Arbeiter was bekamen und natürlich in den Bauphasen mußte jeden Nachmittag ein Blechkuchen kredenzt werden, weil in der Kaffeepause jeder ein Stück vom Kuchen abbekommen wollte. Diese Kuchen buk ich oft am Vorabend gegen 10 oder am nächsten Morgen in der Früh um 6 Uhr. Mit dem Abspülen von Geschirr dauerte die „normale“ Küchenarbeit oft bis 15 Uhr nachmittags, bis alles abgespült und aufgeräumt war. Die ganze Arbeit war sehr stressig. Dazu kam, daß sich mein 3 - Monate - alter Sohn Daniel mit seinen Händchen damals sein Gesicht aufkratzte und die Innenseiten der Arme wund. Er litt an einer Allergie, allerdings konnte der Kinderarzt erst im Alter von einem Jahr und 3 Monaten die Ursache der Allergie bestimmen. Der Schwiegervater saß immer noch jeden Morgen bei mir beim Frühstück, während seine Frau jedes Wochenende mit ihren anderen Kindern und Enkeln drüben im Austragshaus „Party“ machte. Da kam Friedrich jeden Morgen mit der kleinen Elisabeth zum Frühstück, dann fuhr Erich mit seinen Kindern vonZuhause übers Wochenende zu seiner Mutter, damit seine Frau mal wieder ein Skiwochenende in der Schweiz verbringen oder eine Freundin besuchen konnte. Die Kinder wurden dann mit dem Schwiegervater schon in der Früh nach dem Frühstück zu mir in unseren Hofbereich oder die Mühle geschickt. Sie benutzten die Spielsachen meiner Kinder, tollten sich in der Mühle oder im 2. Stock, wo das Getreide gelagert wurde. Manchmal waren sie auch auf meinem Dachboden und schmissen die alten Dachplatten umher. Sie schrien und stritten sich und ich wurde nicht mal gefragt, ob

sie sich bei uns auf dem Hof aufhalten durften. Es war ja so eine praktische Lösung für meine Schwiegermutter, denn das Geschrei der Kinder und deren Streitigkeiten hörte nur ich in meiner Küche, sie nicht, da sie ja die Kinder jeden Tag abschob und ihrem Mann mitgab. Dieser ging in der Mühle dann seiner Arbeit nach und schrotete Schweinefutter, während die Kinder sich selbst überlassen wurden. Alles verlief nach Plan X der Schwiegermutter, die genau wußte, daß die Küche des Haupthauses die Schreie der Kinder von jeder Seite erfasste, weil es ihr schon in früheren Zeiten genauso ergangen war. Da neben dem Haupthaus der Flusslauf und im hinteren Teil der Mühle die Turbine war, war es sehr gefährlich für Kinder und man mußte die Türen immer geschlossen halten oder die Kinder hinten im Garten gut im Auge haben, damit sie nicht ertrinken würden.
Wenn wieder irgend eins geschrien hatte, schaute ich automatisch aus dem Wohnzimmerfenster oder nach vorne, was denn wieder los war. Ich war meistens mit Hausarbeit und Kochen beschäftigt und meine eigenen Kinder Georg und Daniel hatte ich auch zu beaufsichtigen.
Es war eine psychische Belastung zusätzlich, die Schreie und das Streiten der Kinder vor meiner Haustüre auszuhalten und mich wurmte es jedes Mal,weil ich als Person übergangen worden war und nicht um Erlaubnis gefragt worden war. Warum

konnte die Schwiegermutter nicht ihre Enkelkinder im eigenen Haus beaufsichtigen? Am Anfang tat sie mir leid, weil sie immer jammerte, daß ihr die Knie so wehtaten, wenn sie schon mal durch den Hof bis ins Treibhaus lief. Aber das war alles nur zu meiner Beschwichtigung, denn wie sie eines Tages klarstellte: „ Der Hof, der ist für alle da!“ Ich hatte also kein Recht auf territoriale Begrenzung, ihre Kinder und Enkel durften im Hof tun und lassen, was sie wollten.

In dieser Zeit waren Leo und ich am Überlegen, ob wir nicht eine Biogasanlage bauen sollten. Leo hatte sich bei anderen Betreibern solche Anlagen bereits angeschaut und wir beabsichtigten im folgenden Jahr mit dem Bau zu beginnen, wenn die Sanierung der Ferkelställe und Dächer abgeschlossen war. Der Bau war als „Gbr“ mit noch 2 Partnern geplant, ein Partner war die Familie der Schwester Marie und Ernst und der andere Partner war ein Milchbauer aus dem Dorf.

Eines Tages war das Schweigen der Männer beim täglichen Frühstück, Leo links von mir, der Schwiegervater rechts von mir nicht mehr auszuhalten. Die Allergie von Daniel machte mir große Sorgen, deswegen konnte ich oft nicht schlafen und ich grübelte nach der Ursache der Allergie.meine Nerven lagen blank. Bis jetzt stillte ich Daniel noch und versorgte die Männer nach der Zeit im Stall mit Frühstück, doch der Schwiegervater wünschte auch noch jeden Tag Bauernmilch zum Kaffee. Da lief mir die Galle über und ich hastete über den Rasen ins Austragshaus und fragte an der Terrassentüre, ob die Oma nicht so gut sein könnte auch für ihren Mann in Zukunft das Frühstück zu richten, denn er bevorzuge ja Bauernmilch und ich könnte nicht jeden Tag welche holen gehen, weil ich zwei kleine Kinder hätte.

Tante Ilse hatte schon immer gesagt, daß ich was sagen müßte, um eine Änderung der Gewohnheiten des Schiegervaters zu bewirken und jetzt hatte ich all meinen Mut zusammengenommen und endlich was gesagt, nachdem ich über zwei Jahre während unserer Ehe meinen Mann mit dem Schwiegervater teilen hatte müssen.

Als Leo davon erfuhr, erschrak ich über seine Reaktion. „Warum hast du das gemacht? Jetzt kommt der Vater vielleicht gar nicht mehr herüber, auch nicht in den Stall!“ schrie er weinend und konnte mich einfach nicht verstehen. Ich war von seiner Reaktion so enttäuscht, was für eine „Memme“ er doch war und so viel Angst zu haben, seinen Vater als Arbeitskraft zu verlieren. Es ging ihm nicht darum, mal mit mir allein zu sein, sondern nur seinen Vater nicht zu verlieren. Wie es mir dabei ging, war nebensächlich. Ich weiß noch, wie niedergeschlagen und enttäuscht ich mich fühlte, daß Leo nicht so empfand wie ich. Er war es gewohnt, seinen Vater mit am Tisch sitzen zu sehen, sich anzuschweigen und die

Zeitung unter sich aufteilen, ich hatte nie auch nur eine Seite zu lesen bekommen - was für eine hinterwäldlerische Welt, in der Ehefrauen nur Bedienung und Mittel zum Zweck waren. Ich fühlte mich zum ersten Mal richtig alleingelassen und isoliert! Leo wollte nichts ändern, sich auch nicht mit mir unterhalten, anscheinend zählte ich für ihn gar nicht. Das wurde mir damals zum ersten Mal bewußt. Nachdem dann am nächsten Tag der Schwiegervater doch in den Stall in der Früh gekommen war, ging er danach zum Frühstücken ins Austragshaus hinüber und ich war das erste Mal mit Leo allein beim Frühstück. Gesprochen wurde wie immer nicht viel, aber er gab mir auch keinen Kuss, den ich mir so sehnlichst gewünscht hatte und war eher distanziert und unzugänglich.
Der einzige Lichtblick waren unsere beiden Söhne. Daniel saß in der Kinderliege und Georg auf dem Schoß von Leo. Sie aßen ihr Frühstück in Eintracht und nachdem Daniel gestillt war, war er friedlich, aber die Innenseiten der Arme und die roten Flecken am Kopf, wenn er immer wieder die Haut aufkratzte, machten mir große Sorgen. Georg ging mit Leo hinaus und wollte mit dem Bobby-Car fahren, Leo sagte, daß er ihn ungefähr eine Stunde beaufsichtigen könnte, weil er unten im Abferkelstall noch zu tun hätte. Währenddessen legte ich Daniel schlafen und verrichtete meine Hausarbeiten wie Wäsche waschen und diese im Maschinenhaus aufhängen, denn im

Maschinenhaus lief die Turbine und es war gefährlich für Kinder, aber die Wäsche war innerhalb von 2 Stunden meistens trocken, weil durch die Schwingung des Turbinenrades Wind entstand, der die Wäsche schneller trocknen ließ. Außerdem wurde natürlich Strom gewonnen, aber man mußte auch regelmäßig die Äste und das Laub mit einem Rechen aus dem Fluss vor der Turbine ziehen, damit diese normal funktionieren konnte. Wenn zu wenig Wasser kam oder die Turbine von lauter Unrat blockiert wurde, konnte die Turbine durchgehen und Feuer fangen, darum musste diese immer beaufsichtigt, bzw. jemand deren Alarm hören. Diese Aufgabe fiel meistens mir zu, denn ich war ja meistens daheim bei der Hausarbeit. Wenn ich zum Einkaufen fahren mußte, mußte ich den Babyfunk im hinteren Gang einstecken, der Schwiegermutter Bescheid geben, dass ich abfahre, damit sie dann die Überwachung der Turbine übernahm. Sie wußte also immer, wann ich wegfahre und wann ich wieder komme. Daniel konnte ich in dieser Zeit Tante Adda mitgeben, die ihn nachmittags spazieren fuhr und Georg durfte mit den Männern in den Hof oder mit Elisabeth spielen. Ich hatte seit der standesamtlichen Hochzeit mein Hobby, das Tischtennisspielen ganz an den Nagel gehängt, meinen Job gekündigt im OP und keinerlei Kontakt zu den Dorfbewohnern, weil ich ja nur zum Einkaufen rauskam. Manchmal fühlte ich mich wie in einem Gefängnis in diesem großen, dunklen Haus, das nichts als Arbeit machte. Im hintersten Zimmer, das als Dachboden fungierte, fand ich einen alten Schrank mit Schwarzweißmalerei, wobei die Malerei einer Schrankhälfte abgewischt war. Ich begann damals, die andere Seite wieder zu rekonstruieren und nachzumalen.

Auch begann ich in dieser Zeit am Abend, wenn meine zwei kleinen Kinder endlich schliefen, statt fern zu schauen, Aquarelle zu malen. Ich konnte da vom Alltag abschalten und ich brauchte den Ausgleich , wenn ich schon nicht weggehen konnte, nicht einmal pro Woche zum Sport treiben. Leo war bis zu 4 mal in der Woche unterwegs auf irgendwelchen Versammlungen des Bauernverbandes, als Vorsitzender des Maschinenrings, der Feuerwehr oder als Ortsobmann.

Die einzige Person, die mir Zuspruch gab und mich lobte, daß ich endlich das Frühstück des Schwiegervaters ins Austragshaus verlegt worden war, war Tante Ilse. Sie war alleinstehend und die Schwester des Schwiegervaters, hatte aber eine neutrale Sicht auf die familiäre Situation. Sie sagte, daß ich die Veränderung der Situation trotz allem ganz gut hinbekommen habe und hatte sehr viel Verständnis für meine Einstellung. Außerdem sollte ich darüber nachdenken, evtl. eine Putzfrau zu engagieren, damit ich mehr Zeit für andere Dinge hätte oder auch mal selber einen Tanzkurs besuchen, damit ich unter Menschen käme und ein wenig

Ablenkung hätte.
Ihre Vorschläge regten mich zum Nachdenken an, aber wie sollte ich das umsetzen? Ich müsste entweder die Schwiegermutter bitten, auf meine Kinder aufzupassen oder fremde Leute engagieren, die meine Kinder beaufsichtigten, denn auf Leo war nie Verlass, dass er überhaupt abends zuhause war.

Eines Tages war Georg wieder mal im unteren Bereich des Hofes. Angrenzend war das Grundstück des Nachbarn Herrn Anderl, der eine ganze Schar von Gänsen mit Gänserich besaß. An manchen Tagen übernachteten die Gänse sogar in seiner Badewanne, wenn er vergessen hatte, das Fenster am Abend zu schließen.
An diesem Nachmittag stolzierte die ganze Gänseschar in den hinteren Bereich unseres Hofes auf Georg zu. Der Bengel fand das auch noch lustig und munterte mit fuchtelnden Bewegungen seiner Arme die Gänse auf, schneller zu laufen. Dem Gänserich gefiel das überhaupt nicht, weil er seine Gänsedamen bedroht sah und packte Georg mit dem Schnabel am Oberarm. Georg fing an, zu schreien und den Gänserich loszuwerden. Ich sprang hinzu, packte den Gänserich am Hals und zog ihn weg vom Arm meines Sohnes. Mit viel Geschrei verabschiedeten sich die Gänse und stolzierten schnatternd aus unserem Hof zum Nachbarn zurück. Herr Anderl hatte das Ganze beobachtet, kam hinkend auf seinem Stock die hintere

Einfahrt auf mich zu und rief: „ Der freche Gänserich kommt morgen in die Pfanne!“ So war das Leben des Gänserich besiegelt und fortan mußte Georg keine Angst mehr vor Übergriffen von Gänsen haben.
Die Allergie von Daniel wurde schlimmer und schlimmer und ich machte mir Gedanken über jede Mahlzeit, was ich ihm geben durfte oder was nicht so geeignet war. Ich wußte mir nicht mehr zu helfen und machte mir größe Vorwürfe, weil ich nicht mehr wußte, was richtig war und was nicht. Eines Abends kochte ich Brätknödelsuppe und fütterte Daniel mit ein paar Brocken der Brätknödel.
Sofort flammte sein Gesicht und seine Arme an der inneren Beuge rot auf, daß ich sicher sein konnte, daß irgendeinen Stoff an den Brätknödeln Auslöser der Allergie war. Das sagte ich auch dem Kinderarzt bei der nächsten Vorsorgeuntersuchung, Dieser meinte, ich müsste warten, bis Daniel ca. 15 Monate alt sei, erst dann könne ein Allergietest bei ihm durchgeführt werden.
So brachte ich meine Kinder eines Tages zu meiner Mutter, weil wir auf eine Hochzeit eingeladen waren und klagte mein Leid über die schlimme Allergie von Daniel. Meine Mutter tröstete mich mit den Worten: “Das sieht jetzt schlimm aus, aber wirst sehen, der Daniel bekommt mal eine wunderschöne Haut!“ Momentan war das Gesicht blutig aufgekratzt von seinen kleinen Fingernägeln, so daß ich ihm Handschuhe angezogen hatte, daß er sich nicht weiter

an den juckenden Stellen an der Stirn und an der Schläfe kratzen konnte.
Jeden Abend hatte ich Mühe, meine zwei kleinen Söhne zur Ruhe zulegen und mußte mich im Doppelbett des Gästezimmers zwischen sie legen, weil wir sonst noch keine Betten für unsere Kinder hatten. Leo hatte bereitwillig und ohne mich zu fragen, sein Jugendzimmer seinem Bruder Emil geschenkt und es wurde auch bald darauf abgeholt. Deshalb war nur das Gästezimmer auf der Flußseite das einzige Zimmer, das ich für meine Kinder benutzen konnte. Die beiden, Georg und Daniel, balgten sich wie junge Welpen bis sie endlich müde waren. Daniel stillte ich immer noch auslaufend wegen seiner Allergie und das zehrte mich sehr aus. Wahrscheinlich trank ich unter Tags auch zu wenig, daß immer weniger Milch mit der Zeit kam.
Daniel war ein nettes, drolliges Baby und wog schon mit einem halben Jahr ca. 8 bis 10 kg und lehnte sich beim Treppensteigen auf meinem Arm immer zurück, daß ich sein ganzes Gewicht auszugleichen versuchte. Von diesen Aktionen bekam ich solche Rückenschmerzen, daß ich zum Arzt gehen mußte, um mir Massagen auf Rezept ausstellen zu lassen, weil ich die Schmerzen kaum mehr aushielt. Zuerst glaubte mein damaliger Hausarzt mir nicht und drückte mir unvorbereitet auf den Rücken. Ich zuckte dermaßen vor Schmerz zusammen, daß er mir danach glaubte und mir die Massagen großzügigerweise

verschrieb.
Die Arbeit unter Tags war meist immer die Gleiche. Ich mußte trotz des Stillens und der nächtlichen Störungen meiner Kinder unter Tags wie ein Rädchen funktionieren und betete jeden Abend zu Gott, daß ich es durchhalten möge. In der Früh, gleich nach dem Stillen, richtete ich bis um 7 das Frühstück. Georg war meistens da schon wach. Er war aber noch nicht sauber und ich wickelte ihn und keidete ihn an. Dasselbe hatte ich zuvor mit Daniel nach dem Stillen getan, wobei ich Daniel nach dem Stillen ins Baby-Körbchen gesetzt hatte und Georg dann im Hochstuhl seinen Platz beim Frühstück fand.
Leo war immer noch mit Bauarbeiten im Abferkelstall beschäftigt und vernetzte die Wasserleitungen dort. Auch die Pläne einer neuen Biogasanlage nahmen in dieser Zeit Gestalt an. Die einzige Zeit, die uns zusammen blieb, war spätnachts im Ehebett.
Ich hatte in dieser Zeit beschlossen, nicht gleich wieder ein Kind zu bekommen, weil ich mit meinen zwei Söhnen vollauf beschäftigt war und ja auch die Biogasanlage als größeres Bauprojekt geplant war. Da ich mir genau die Tage meiner Periode notierte, wußte ich genau, wann ich meine unfruchtbaren und fruchtbaren Tage hatte und verhielt mich auch danach. Leo sagte mir an jenem Abend, er habe nachgeschaut, es könne nichts passieren und ich glaubte ihm. Wir schliefen miteinander, weil wir ja

sonst nichts voneinander hatten als die kurze Zweisamkeit im Bett. Aber das hatte er nur so daher gesagt, und hatte mich reingelegt oder angelogen. Er hatte nämlich nicht nachgeschaut in meinem Notizbuch.
Jedenfalls war ich kurz darauf wieder schwanger mit meinem 3. Kind, das nicht von mir geplant war. Mir war bewusst, daß alles nicht einfacher werden würde, aber ich war von den Fakten eingeholt und hatte mich überrumpeln lassen.
Mit 15 Monaten wurde dann Daniel getestet und seine roten Flecken und Kratzer stellten sich dann als Hühnereiweißallergie heraus. Ab diesem Zeitpunkt mußte ich für ihn ohne Ei kochen und auch bei Nudeln und sonstigen Keksen, die Tante Adda reichte, durfte kein Ei als Inhaltsstoff dabei sein. Vor allem an Ostern war das besonders schlimm, weil ja Ostereier eigentlich nicht ersetzt werden konnten, außer mit Schokoladeneiern. Da Daniel sich im Wägelchen bei Tante Adda sehr wohlfühlte und sich gerne kutschieren ließ, nahm sein Gewicht noch mehr zu und er hatte drollige, rund geformte Fingerchen und runde Backen, aber seine Haut besserte sich zunehmend durch das Weglassen des Hühnereiweißes. Georg war inzwischen fast drei Jahre und sprach schon ein paar Sätze und machte mir sehr viel Freude. Er lachte viel wie sein Vater und hatte ein sonniges Gemüt.
Der kalte Winter war fast vorbei und draußen blühten

die ersten Märzenbecher. An diesem Samstag hatte ich noch vor hochschwanger unser Auto zu putzen und fing am späten Nachmittag damit an. Mein Köfferchen fürs Krankenhaus hatte ich gepackt und glaubte noch ein paar Tage zur Geburt zu haben. Aber es sollte anders kommen.

Um 18 Uhr spürte ich ein leichtes Ziehen im Rücken und ich dachte zuerst, dass das vom Reinigen des Autos Beschwerden wären. Wenn es Wehen sein würden, wären sie doch intensiver, glaubte ich. Doch das Ziehen hörte nicht auf und um 20 Uhr hatte ich dann echt Mühe in den Wagen zu steigen. Mein Köfferchen hatte ich schon länger für den Krankenhausaufenthalt gepackt. Als Leo abends von seiner Arbeit nach Hause kam, mußte er noch duschen und die Kinder brachte er zu den Schwiegereltern nach nebenan, bevor er mich zum Krankenhaus fuhr.

Stellenweise war es auf der Straße noch glatt am Abend, weil die Temperatur in der Nacht immer noch unter Null Grad sank. Im Krankenhaus eingetroffen, plagten mich alle paar Minuten die Wehen, die es galt, auszuhalten. Mein Frauenarzt traf kurz vor 21 Uhr ein und schimpfte, als er mich untersuchte und feststellte, dass der Muttermund schon 9 cm offen war. Die anschließende Geburt dauerte keine 30 Minuten und mein dritter Sohn Nick war auf der Welt. Eine Blitzgeburt, die auch schon auf dem Weg zum Krankenhaus hätte stattfinden können, befand

der Arzt und schimpfte uns, warum wir nicht früher hatten kommen können, denn beim 3. Kind ginge alles viel schneller!
Mit drei kleinen Kindern war ich sehr beschäftigt, denn jedes von ihnen hatte andere Schlafenszeiten und das mußte ich ja auch für die Fahrten zum Einkaufen berücksichtigen. Ich war echt verzweifelt und engagierte wieder Tante Adda, die mir wenigstens das Baby im Wägelchen spazieren führte. Auch die zwei größeren Söhne durfte ich in dieser Zeit zuhause lassen, einmal in der Woche 2 Stunden für die Einkäufe - mehr nicht. Ich hatte meine sportlichen Aktivitäten wie Tischtennisspielen oder Ähnliches komplett an den Nagel gehängt, aber es war jeden Tag das Gleiche. Mir fiel nicht ein, jemand Fremden für das Kochen anzustellen, das jeden Tag zu bewältigen war, vor allem in den Bauphasen des Betriebes. Immer hieß es, daß dafür kein Geld da wäre, aber zur Expansion des Betriebs war seltsamerweise immer Geld da.
Ich hielt sehr tapfer durch und sorgte tagtäglich für Blechkuchen, die nachmittags den Arbeitern kredenzt wurden, ich kochte täglich für 12 bis 15 Mann, mußte sogar das Essen auf die Baustelle außerhalb der Ortschaft fahren und rechtzeitig meinen großen Sohn vom Kindergarten abholen, während ich hoffte, daß mein Baby solange schlief bis ich wieder zurückkam. Den zweiten Sohn, der ja erst knappe 2 Jahre war, mußte ich mitnehmen. Meine Anstengungen waren

fast übermenschlich. Für mich bedeutete es sehr viel Stress für so viele Leute ständig zu kochen und zu backen , daß ich sehr an Gewicht abnahm und weniger als 60 kg während der Bauphase der Biogasanlage wog.
Um 6 Uhr in der früh buk ich Kuchen oder abends um 22 Uhr, wenn die Kinder endlich schliefen. Es war eine sehr stressige Zeit und eines Mittags, als die polnischen Arbeiter ihre ganzen schmutzigen Klamotten zu einem Haufen in der Mühle zusammengerottet hatten, war ich gerade beim Spülen vor einem riesigen Berg Geschirr. Es dauerte oft bis 15.30 Uhr bis ich alles gespült hatte und weil ich mich zwischendurch um meine Kinder kümmerte.
An diesem Tag jedoch konnte ich meinen Gefühlen nicht mehr Einhalt gebieten und mir rannen die Tränen von den Wangen. Leo sah , daß ich weinte und meinte: „ Wenn dir das zu viel ist, sag einfach meiner Mutter, daß sie den Haufen Wäsche der Arbeiter wäscht.“ Momentan fehlten mir schlagfertige Worte und Leo wartete auch keine Antwort ab, sondern war zur hinteren Küchentür gleich wieder verschwunden, damit die Arbeit auf der Baustelle weitergehen konnte. Ich dachte, daß gerade die Bitte an die Berta, mir zu helfen, mir gegen den Strich ging, denn ich wollte ja auch zeigen, dass ich was leisten konnte und durfte doch keine Schwäche ihr gegenüber aufkommen lassen. Aber insgesamt war die Arbeitsbelastung einfach zu viel. Vor lauter

Essenszubereitung und Verteilung hatte ich aufgehört , auf mich selber zu achten und hatte selbst nicht mehr genügend essen können, weil ja auch meine kleinen Kinder mich voll und ganz forderten, Tag und Nacht!
Mein dritter Sohn Nick war innerhalb einer halben Stunde, nachdem wir am ersten März abends um acht Uhr das Krankenhaus erreicht hatten, zur Welt gekommen. Er war ein großes, dünnes Baby, das in der Kinderwiege im Schlafzimmer jeden Abend wie am Spieß brüllte ,weil ich zwischen Georg und Daniel in die Mitte des Gästebettes liegen mußte, damit sie endlich einschliefen.
Leo hatte nicht nur die Baustelle am Hals, sondern half jetzt jeden Abend seiner Schwester Marie und brachte ihr bei, wie man die Samen der Eber in Fläschchen verdünnt und die Mutterschweine richtig besamt, weil sich herausgestellt hatte, dass der Schwager Ernst diese Tätigkeit zu ungenau nahm und dies einfach nicht zustande brachte. Außerdem war er auch noch Alkoholiker und trank schon in der Früh mehrere Flaschen Bier, so daß es eigentlich kein Wunder war, daß seine Frau jetzt diese Arbeit erledigen mußte. Also war Leo jeden Tag nach seiner Stallarbeit auch noch im Nachbarort bei seiner Schwester beschäftigt und ich ohne ihn mit drei kleinen Kindern jeden Abend allein. Ich fühlte mich manchmal richtig kaputt und ausgelaugt und auch sehr allein gelassen. Ich dachte, seiner Schwester

bringt er alles bei und was ist mit mir? Ich hätte auch gerne gelernt, aber Leo hatte entschieden, daß ich nicht mehr in den Stall mußte, dafür aber die ganze Arbeit rund ums Haus erledigen sollte.
Eines Tages, als die Schwiegermutter Berta wieder mal im Hofbereich zu sich ins Austragshaus lief, sprach ich sie auf die lärmenden Kinder im Hofbereich an. Sie entschuldigte sich nicht, sagte nur, dass ihr ja die Knie so weh täten und ich doch viel jünger sei. Was musste ich noch alles leisten und ertragen? Hörte es nie auf, mir alles aufzubürden und anzulasten? Was hätte ich darauf sagen sollen? Anfangs tat die Berta mir leid, doch als sie auch noch anfing, mir nachzusagen, dass ich ihr hinterherschauen würde, wie sie in den Garten zum Treibhaus laufen würde und ich sie mit einem bösen Blick verfolgen würde, war das kein Spaß mehr für mich. Sie unterstellte mir Dinge, die sie sich einbildete. Außerdem wollte sie durchsetzen, daß ich das ganze Treibhaus allein bewirtschaften sollte, damit ich vor lauter Arbeit nicht mehr ein und aus wüßte und sie durchsetzen konnte, daß sie ein eigenes großes Gemüsebeet direkt neben ihrem Haus bekommen sollte. Nie wurde ich auch nur einmal zu ihr eingeladen. Überdies war ich froh, sie nicht sehen zu müssen.
An einem kühlen Herbsttag zog ich meinen zwei Söhnen die Anoraks an und ließ sie im Hof spielen, um nach 5 Minuten festzustellen, daß sie bei der

Berta im Austragshaus fern sehen durften. Sie hatte sie wieder ausgezogen, die Gummistiefel meiner Söhne standen im hinteren Eingang ihres Austragshauses und ich klingelte an der Haustüre, um meine Kinder wieder zu holen, weil sie draußen spielen und nicht am Nachmittag fern sehen sollten. Da polterte Berta los: „ Das ist mein Haus und da tue ich, was ich will und die Kinder lasse ich hinaus, wenn es mir paßt!“Danach schlug sie die Haustür zu und ich stand wie ein begossener Pudel da. Was hätte ich tun sollen? Nach zwei Stunden waren die Kinder dann erst wieder im Hof. Um sich bei Leo darüber zu beschweren, war nicht die richtige Zeit, denn er war ja den ganzen Tag beschäftigt und abends auch noch bei seiner Schwester im Stall. Ich fühlte mich so alleingelassen mit allen Problemen und hatte keine Menschenseele zur Aussprache.
Ich liebte trotz aller Mühen meine Kinder wie nichts anderes auf der Welt und sie waren die Glücksmomente in meinem Alltag.Was mich abends, wenn sie schliefen gut ausglich, war das Malen von Aquarellen, was mir sehr viel Freude bereitete.
Meine Mutter und mein Vater ließen sich nicht oft bei uns blicken, denn falls die Beziehung zerbrechen würde zwischen mir und meinem Ehemann, hätten sie ja ohne Lohn am Hof gearbeitet. Außerdem müßten sie ja über eine halbe Stunde Auto fahren, um zu uns zu gelangen und da hatte schon mein Vater aus Gründen der Umweltverschmutzung und aus

Kostengründen etwas dagegen. Also begrenzte sich ihr Besuch auf maximal einmal im Monat.

Bei mir dachte ich, daß sich was ändern müßte. Nach langenÜberlegungen fiel mir die Hauswirtschaftsschule in Nördlingen ein, die einmal in der Woche Unterricht zur Hauswirtschafterin anbot. Das war das Einzige, was auch von der Schwiegermutter akzeptiert werden würde, so dachte ich. Also besprach ich das mit ihr und meldete mich schließlich an. Tante Ilse vermittelte mir noch ihre jüngere Schwester als Putzhilfe, die allerdings auch schon weit über die 50 Jahre damals zählte, aber bereit war, in der Zeit, in der ich in der Schule war, mein Haus zu putzen. So war allen geholfen, am meisten mir selber. Ich genoss die Zeit der Abwesenheit vom Hof ein Mal in der Woche, weil ich andere Leute kennenlernte und mir das Lernen auch nicht sonderlich schwer fiel. Allerdings hatten wir eine sehr strenge Lehrerin in der praktischen Hauswirtschaft, dem Kochen und Backen, die mich von Anfang an ein wenig auf dem Kicker hatte und immer bissige Bemerkung über die „Künstlerin“, wie sie mich nannte, verlauten ließ, weil sie mitbekommen hatte, dass ich die 2. Direktorin Frau Maier und eine andere Lehrerin zu meiner Vernissage meiner 1. Kunstausstellung eingeladen hatte. Ich verkaufte auf dieser Ausstellung 50prozent meiner ausgestellten Aquarelle. Das bedeutete einen großen Erfolg für mich, weil die Schweinepreise damals sehr niedrig waren und ich

durch meinen Verkauf einen satten Gewinn von 5000 D-Mark erzielte. Das bestärkte mich natürlich in meinem Hobby, das das Einzige war, was mich in diesen harten Zeiten innerlich aufgerichtet hatte und aus dem ich für den Alltag mit Kochen, Spülen und Putzen gestärkt hervorging.
Auch im Garten hinter dem Haupthaus hatte ich sehr viel Arbeit, denn neben dem großen Treibhaus,wo ich Tomaten und Gurken gepflanzt hatte und die jeden Tag gegossen werden mußten, war hinter der Scheune der reinste Urwald. Die Brennesseln wuschen dort sehr hoch, so daß ich im Sommer beschloss, dort mit der Sense zu mähen. Nick war im Kinderwagen und schlief und Georg und Daniel spielten vorn am Wasser, wo es kiesig und seicht war und ich schärfte den beiden ein, nicht nach vorn zu gehen, weil es dort im Flussbeet schlammig würde. Ich senste die Brennesseln fünf Meter von den beiden entfernt weg, als plötzlich Georg und Daniel doch weiter nach vorn ins Flussbeet gelaufen waren und Georg den Daniel an der Kapuze des Anoraks gerade noch hielt, damit der kleine Daniel nicht unterging, denn sein Anorak hatte sich schon voll mit Wasser gesogen, so daß der kleine Kerl fast schon nach unten gezogen wurde.
Ich schmiss die Sense beiseite und sprang in ein paar flinken Sprüngen zu den beiden und zerrte sie aus dem Wasser. Hinzu kam, dass auch noch das Baby im Wagen zu schreien anfing und ich mit meinen Kindern pitschnass ins Maschinenhaus ging und

ihnen dort die nassen Klamotten auszog. Ich hatte einen solchen Schock davongetragen, daß ich mindestens einen Tag brauchte, um mich vor diesem Schreck zu erholen. Den Kindern ging es da nicht anders, allerdings vergessen Kinder schneller als Erwachsene. Das Ereignis fuhr mir so in die Glieder , daß ich seitdem immer um Kinder Angst hatte, sobald sie den hinteren Garten, das Wehr mit dem Überlauf betraten.

Die Zeit verging und Leo und ich begannen, zusammen über die weitere Entwicklung des Betriebes nachzudenken. In letzter Zeit hatte sich eine neue Form in der Landwirtschaft erschlossen und war noch in den Startlöchern: die Gewinnung von Gas , Strom und Wärme in Form einer Biogasanlage. Ich fand, daß dies eine gute Alternative zur Atomkraft wäre, Strom zu gewinnen und bejahte das Projekt.

Eines Tages kam Ernst zu mir vom hinteren Eingang in die Küche und holte sich ein Bier aus dem Keller im Haus. Ich war schon etwas konsterniert, daß er nicht mal gefragt hatte, ob er ein Bier holen durfte und ich hegte den Verdacht, dass er zuhause keines bekam, weil Marie auch nicht wollte, dass er schon am Vormittag zum Biertrinken anfing. Er trank munter sein Bier bei mir schon am Vormittag und ich fand, daß das schon eine Form von Alkoholsucht war, die es galt, einzudämmen. Die Schwiegermutter Berta

hatte es wohl so eingeführt, dass jeder selber sein Bier im Keller holen mußte, doch ich wollte das nicht und schließlich war ja das Haus schon übergeben.
Also ließ ich beim nächsten Mal, als ich Marie traf, die Bemerkung fallen, daß sie auf ihren Mann besser achtgeben sollte, damit dieser nicht ständig zur Flasche griff. Marie fühlte sich angegriffen und erzählte das wiederum Leo, der mich ausschimpfte, daß ich dies angemerkt hatte. Wenn ich nichts gesagt hätte, hättesich nichts im Verhalten von Ernst geändert. Aber daraufhin ging Marie mit Ernst zur Therapie und die Einsicht, nicht mehr so viel zu trinken, war zumindest geboren.

Die Biogasanlage wurde dann geplant und auch die Arbeit des Kochens für die Arbeiter wurde jede Woche von jemand anders übernommen, einmal von mir, dann von Marie die zweite Woche und die dritte Woche dann von der Frau des Müllerbauern, der Bäuerin Elsa. Allerdings wohnten die Polen, die unsere Arbeit untersützten, bei uns und die ganze Arbeit mit Wäschewaschen und das Flicken von zerrissenener Arbeitskleidung blieb an mir hängen. Es war eine hektische Zeit und eigentlich hätte ich lieber mit meinen Kinder gespielt oder den kleinen Nick mit dem Kinderwagen ausgefahren, aber das übernahm wie immer eine alte Frau aus dem Dorf, Tante „Adda“, wie sie die Kinder nannten. Für eine Aussprache oder Zärtlichkeiten mit Leo war meist

keine Zeit und es waren mittags ja auch meist andere Arbeiter anwesend. Wir hatten auch noch immer Schulden, weil wir die letzten zwei Geschwister in Bar auszahlen mußten, d.h. dass diese Summen nicht in den Bilanzen auftauchen sollten und wir dieses Geld an Marie und Kurt persönlich in bar übergeben sollten. Leo versuchte also immer ein paar Spanferkel ohne Rechnung zu verkaufen und dieses Geld wurde gespart, daß man es den Geschwistern ausbezahlen konnte. Bei einem Einkauf für mich und die Kinder wurde eher gespart. Ich kaufte mir nur das Nötigste an Kleidung und auf Kinderkleiderbazaren erstand ich die meiste Kinderkleidung, weil das eben billiger war. Auch das gesellschaftliche Leben, wenn es denn überhaupt eines gab, war bis auf ein Minimum eingeschränkt. Ich konnte keinen Sport machen, ich traf fast keine Freundinnen mehr und wir gingen auch fast nie aus. Auch die partnerschaftliche Kommunikation litt erheblich in dieser Zeit, weil Leo bis spät abends arbeitete und am Abend wie tot ins Bett fiel.
Die Biogasanlage wurde fertiggestellt und mußte auch fachgerecht mit gehäkseltem Mais jeden Tag befüttert werden. Allerdings gab es auch Störungen. So rief eines Sonntags Ernst bei Leo an, daß die Biogasanlage brannte! Gerade hatten wir an diesem Sonntag unsere drei kleinen Kinder im Auto festgeschnallt, um einen Ausflug zu einem Vergnügungspark zu machen. Leo stürmte ins Auto

und stob zum Dorf hinaus Richtung Biogasanlage. Dort angekommen, packte er den Feuerlöscher und ging mit diesem in den von Rauch durchzogenen Bereich.
Ich dachte mir, daß dies gefährlich sei, dieses Feuer zu löschen, weil die Rauchentwicklung sehr kräftig war und zitterte beim Wählen der Nummer für die Feuerwehr. Ich rief dort an, schilderte mit klopfendem Herzen die Notsituation und wo wir uns befanden.
Die Feuerwehrleute wurde auch sogleich durch die schrille Sirene informiert, daß ein Notfall eingetreten war und sprangen von ihren Sitzen in der Kirche auf, weil gerade am Sonntag vormittags eine Messe im Ort war.
Als endlich die Feuerwehrleute in der Biogasanlage eintrafen, hatte Leo das Feuer gelöscht gehabt und die Leute standen unschlüssig herum. Das wiederum nahm Friedrich zum Anlass, einen Vortrag über Biogasanlagen und ihre Vorteile zuhalten und eine Besichtigung der Biogasanlage vor Ort vorzunehmen.
Von Leo mußte ich den ganzen Tag noch Vorwürfe hören, weshalb ich die Feuerwehr überhaupt informiert hätte, wenn der Brand doch so schnell gelöscht war.
Ich sagte ihm: „ Wenn ich dich nicht lieb gehabt hätte, hätte ich die Feuerwehr nicht informiert und hätte dich in dein Unglück laufen lassen!“
Die Zeit verging wie im Flug. Meine kleinen Jungs wurden ein bisschen größer, aber eigentlich noch

nicht folgsamer und stellten hin und wieder viel Unfug an.
Ich hatte spezielle Vorsorgeuntersuchungen mit ihnen machen müssen und bei Nick stellte sich eine leichte Schwäche der Sprachentwicklung heraus, weil ich wahrscheinlich zu wenig Zeit für ihn gehabt hatte mit diesem ganzen Baustress. Also mußte ich mit ihm einmal in der Woche eine Logopädin aufsuchen, die mit ihm Sprachübungen machte. Außerdem hatte er auf beiden Augen einen zu langen Strang des Sehnervs, so daß die Augen immer nach außen rollten und ihm ein Aussehen gaben, wie wenn er behindert wäre, was er nicht war!
Eines Tages fuhren Nick und ich zusammen nach München in die Augenklinik. Vorher zeigte ich ihm noch den Fernsehturm, bevor wir in der Augenklinik unser Krankenzimmer zugeteilt bekamen. Er war ungefähr vier Jahre alt und ich war hochschwanger mit meinem vierten Kind damals. Er bekam im Krankenhaus eine Sedierung vor der OP und ich begleitete ihn mit meinem dicken Bauch auf die Toilette. Eine Schwester, die das zufällig beobachte, schimpfte mich, daß ich das in meinem Zustand doch nicht machen dürfte, denn Nick war schon sehr benommen und stützte sich mit seinem Gewicht voll auf meinen Arm. So wenig wog das kleine Bürschchen eigentlich nicht, denn ich mußte meine ganze Kraft aufbieten, um ihn zu stützen.
Die OP verlief gut und Nick erholte sich schnell,

mußte allerdings auch danach immer noch ein Brille tragen. Aber der Augenarzt machte mir Hoffnung, daß er später als Erwachsener wahrscheinlich eine Zeit lang keine Brille mehr bräuchte. Das stimmte mich sehr froh.
Die Sorge um Nick blieb auch später, als sich eines Tages feststellte, daß Nick Schmerzen in seinen Hüftgelenken hatte und nicht mehr aufstehen konnte. Ich mußte ihn zur Toilette stützen, denn er konnte nur mit Schmerzen zur Toilette humpeln. War das eine Hüftgelenksdysplasie wie bei meinem Bruder in Kindertagen diagnostiziert worden war? Warum konnte er von heute auf morgen nicht mehr laufen? Ich sorgte mich sehr um meinen kleinen Sohn Nick und rief schließlich beim Notarzt an. Notdienst hatte ein Dr. Schmidt , der mich sofort ins Krankenhaus nach Heidelberg schickte. Weil kein Fahrzeug momentan vorhanden war, ging ich kurzentschlossen zur Schwiegermutter ins Nachbarhaus, klingelte und bat um ihr Auto und daß sie auf meine anderen Kindern aufpasste. Leo war an diesem Samstag wieder mal so beschäftigt, daß er gar nicht zuhause war.
Ich fuhr zur Klinik nach Heidelberg und Nick wurde mit Ultraschall untersucht und bekam eine Aspirin-Tablette gegen seine Schmerzen. Der Kleine tat mir so unendlich leid und ich litt als seine Mutter mit ihm. Wir bekamen ein Zimmer über Nacht zugeteilt und übernachteten dort. Am nächsten Tag war Muttertag

und Nick hüpfte schmerzfrei aus seinem Bettchen, als ob er nie Schmerzen gehabt hätte. Was war geschehen?
Bei Nick hatten sich im Hüftgelenksspalt Bakterien angesammelt, die sich über Nacht von allein abgebaut hatten. Im Ultraschall hatte man gestern eine Anhäufung von Gelenksflüssigkeit im Gelenksspalt erkannt, aber glücklicherweise hatte sich die Flüssigkeit über Nacht von selber verringert, so daß Nick am nächsten Tag schmerzfrei war. Für mich war das das allergrößte Geschenk zum Muttertag, daß Nick wieder gesund war! Ich dankte Gott in einem kurzen Stoßgebet zum Himmel dafür.
Kurz darauf kam mein 4. Sohn Jens auf die Welt. Beim Wickeln erschrak ich beinahe, denn seine Hoden waren ganz blau, seine Haut relativ dunkel und am Hintern hatte er eine dunkelblaue Stelle, einen Mongolenfleck,der sich bei besonders dunkelhäutigen Menschen finden kann. Schwiegermutter Berta hatte erzählt, daß auch Otto und Marie einen Mongolenfleck besessen hatten und die dunkel getönte Teint der Haut auch bei ihnen nach der Geburt vorhanden war.
Jens entwickelte sich problemlos zu einem goldigen Kind mit Schmollmund und machte mir sehr viel Freude. Er nahm mit zwei Jahren die kleinen Ferkelchen in die Hand und lachte dabei. Diesen Charme beim Lachen hatte er wohl von Leo geerbt, der auch mich immer mit seinem Lächeln betört hatte.

Eines Tages sprang Jens mit seinen Brüdern in der Küche um den Herd, der in der Mitte eingemauert und gefließt war und streifte den Ofen mit seinem Ohr, so daß es böse blutete. Seitdem hatte er am Ohr eine Narbe und das Ohr wuchs ein wenig nach außen. Als Baby hatte ich Jens schon als Baby mit in den Gitarrenunterricht zu einer Klosterschwester ins Nachbardorf mitgenommen, denn mein zweiter Sohn Daniel wollte Gitarre spielen lernen. Er lernte über Farbenpunkte bestimmte Seiten zu greifen und ich stillte in dieser Zeit den kleinen Jens während er mit der Klosterschwester übte.

Die Zeit verging wie im Flug und Daniel war nun bereits in der dritten Klasse. Er hatte Kommunionunterricht und spielte wie auch Georg Fußball im örtlichen Verein. Mit dem Gitarre üben nahm es Daniel nicht immer so genau, hatte er doch inzwischen viele andere Hobbys . So sollte er eines Tages Gitarre spielen üben während ich gerade in der Küche neben ihm bügelte.
„Willst du jetzt bitte Gitarre üben, weil wir ja morgen wieder zu deiner Lehrerin fahren und da solltest du zeigen, was du inzwischen gelernt hast!“ ermahnte ich Daniel.
Dieser schmiss die Gitarre auf die Seite und rannte aus der Küche, weil er nicht üben wollte. Ich steckte schnell das Bügeleisen aus und rannte ihm mitsamt dem Bügeleisen hinterher. Daniel flitzte zur hinteren

Mühlentüre hinaus in den vorderen Hofbereich und der Schwiegervater Pius kam gerade zur Mühle hereingelaufen und lachte, als er mich mit dem Bügeleisen in der Hand hinter Daniel hinterherrennen sah. So schnell flitzte Daniel zur Mühle hinaus ums Hausecke und zur Oma ins Nachbarhaus, daß ich mit dem Bügeleisen in der Hand am Hinterausgang geschlagen innehielt und schwer atmend beschloß, dem Daniel den Gitarrenunterricht zu ersparen.
Auch Georg durfte kurzfristig mal Schlagzeug ausprobieren, doch stellte sich heraus, daß das Instrument zu laut war und es in Anwesenheit des schlafenden Babys Jens nicht gespielt werden konnte, der sonst vom Lärm jedes Mal geweckt wurde und wie am Spieß schrie und weinte. Also gaben wir das Schlagzeug wieder zurück.
Der Alltag gestaltete sich mit vier kleinen Kindern schon turbulent. In der Früh mußten die großen zwei Jungs zuerst geweckt werden und ermahnt werden, daß sie aufstehen sollten und sich anzogen. Den Kleineren mußte beim Anziehen noch geholfen werden, das Baby Jens öfter am Tag gewickelt werden. Hatte ich bei den ersten zwei Kindern noch mehr Fotos machen können, blieb nicht mal Zeit zum Fotografieren, denn der Schulbus wartete nicht und Nick mußte auch rechtzeitig im Kindergarten abgegeben werden. Bei nur zwei Kindern hatte ich noch Zeit gehabt, Aquarelle am Abend zu malen, wenn sie im Bett waren, aber mit vier Kindern hatte

ich kaum mehr Zeit für mich selber, denn die Wäsche war mehr geworden und die Arbeit am Hof, das Essen kochen für die Arbeiter und Beschäftigten war sehr viel Arbeit. Tante „Adda“ fuhr jetzt den kleinen Jens fast jeden Tag im Kinderwagen spazieren und ich versuchte in dieser Zeit, abzuspülen und die Küche zu putzen. Ich wünschte mir mehr Zeit für meine Kinder und nicht so viel Hausarbeit, aber eine fremde Person wollte ich für meine Kinder auch nicht engagieren, weil ich ihre Erziehung selber übernehmen wollte. Dafür liebte ich sie viel zu sehr, als daß ich sie anderen Leuten überlassen hätte. Auch die täglichen Hausaufgaben von Georg und Daniel forderten meine ganze Aufmerksamkeit, denn nicht nur die schriftlichen Arbeiten mußten sorgsam erledigt werden, sondern es mußte auch jeden Tag mit ihnen lesen geübt werden. Auch die Vorbereitungen für die Kommunionen meiner Kindern waren eine zusätzliche Aufgabe, ganz abgesehen von den Taufen, bei denen die ganze Verwandtschaft immer eingeladen wurde und so um die 30 bis 40 Personen dabei waren. Meist fanden diese Feiern im Schützenheim statt. Jeder von den Schwägerinnen brachte meistens einen Kuchen mit. Das Mittagessen wurde vom Schützenheim organisiert und das Abendessen wurde vom Metzger oder Partyservice auf Platten serviert. Mir waren diese Feiern immer zuwider, weil ich mit den anderen Geschwistern und vor allem mit den Schwägerinnen nichts am Hut hatte und froh war, wenn ich sie nicht sehen mußte. Den Kindern zuliebe biss ich immer in diesen sauren Apfel und fügte mich dem Unausweichlichen.

Der Alltag fraß mich irgendwann auf. Für eine partnerschaftliche, glückliche Beziehung war keine Zeit mehr, denn schon allein die Tatsache, daß alle Kinder abends pünktlich um acht Uhr einschlafen sollten, verfehlte jeden Tag ihr Ziel. Leo und ich kamen kaum noch zum Sprechen miteinander und wenn ich mal das Bedürfnis hatte, auszugehen, sagte Leo mir, daß er bei den Kindern lieber bleiben würde, als mit mir auszugehen. Früher war es immer noch so gewesen, daß Leo seine Mutter gefragt hatte und die Kinder dann bei ihr übernachten konnten, als es nur zwei waren. Aber mit vier kleinen Kindern wollte keine der Omas mehr auf unsere Kinder aufpassen - auch meine Mutter eher nicht, da sie ja die Kinder von meinem Bruder im Haus hatte. Ich wußte mir keinen Rat, wie ich diese Situation entschärfen konnte.
Es war nicht einfach, überhaupt mit Leo noch zu reden. Außerdem hatte ich das Gefühl, daß er gar keine Wert darauf legte, mit mir auszugehen und mich als Frau zu würdigen. Alles war selbstverständlich geworden.
Da wir immer unsere Kinder mit in den Urlaub nach Kroatien oder auf die Alm eines Schulfreundes von Leo mitgenommen hatten, graute es mir davor, mit

vier kleinen Kindern in den Urlaub eine Woche nach Kroatien zu verreisen, weil es erstens keine Erholung für mich war, das ganze Gepäck für alle einzupacken und zweitens weil ja auch ein Alarmanruf von einer intakten Biogasanlage genügte, damit Leo wieder zurückfahren mußte, um den möglichen Schaden zu beheben. Also beschloss ich irgendwann die Kinder am Hof zu lassen und zwei Wochen in Trier in der europäischen Kunstakademie einen Kurs zu belegen, um modere Acrylmalerei bei einem Professor zu erlernen. Ich mietete mich in einer Studentenbude dort ein.
Zuvor hatte ich Leo um Erlaubnis gebeten, ob er mich in dieser Zeit entbehren könnte und er erlaubte es mir großzügigerweise. Von meiner eigenen Mutter mußte ich mir bittere Vorwürfe anhören, daß eine Bäuerin in der Erntezeit ja niemals sich zwei Wochen Auszeit zum Malen nehmen könne.
Meine Mutter hatte wirklich keine Ahnung, wie nötig ich es hatte, mal keine schreienden Kinder um mich zu haben, denn erstens hatte ich nicht nur 4 eigene Kinder ständig um mich herum, kaum Unterstützung durch meinen Ehemann, weil der bis abends um mindestens acht Uhr, wenn nicht noch länger beschäftigt war und zweitens schickte die Schwiegermutter jeden Tag in der Früh zwischen 7 und 8 Uhr die kleinen Enkel der anderen Geschwister mit den Schwiegervater Pius zu mir in den Mühlen - und Hofbereich herüber. Was das für eine psychische

und emotionale Belastung jeden Tag zusätzlich war: wenn ein Enkelkind draußen schrie oder mit einem Stritt, bekam ich das hautnah mit. Meist wachte auch noch das schlafende Baby im Haus auf und weinte und ich mußte von meiner Arbeit wegspringen. Es war eine furchtbare Belastung und ich wollte nur noch weg, das wünschte ich mir sehnlichst.
Also ging ich nach Trier, malte große Bilder und packte diese in ein Rohr am Schluß zur Rückfahrt ein. Dazu brachte ich Henkel aus Klebestreifen an und so transportierte ich die eingerollten Bilder nach Hause. Da das Duschwasser in der Studentenbude so kalt gewesen war, hatte ich sogar stark Ohrenweh bekommen, aber ich zog meinen zweiwöchigen Aufenthalt in Trier trotzdem durch und es war echte Erholung für mich. Als ich dann wieder zuhause war, ließen die Vorwürfe meiner Mutter nicht nach, daß ich mir diese Auszeit erlaubt hätte. Sie konnte mich nicht verstehen, daß ich das gebraucht hatte, obwohl sie selber auch malte. Aber auch die Schwiegermutter Berta, die in dieser Zeit meine Kinder beaufsichtigt hatte, wertschätzte nicht meine Leistung, wie ich später noch hören sollte.
Ich brachte meinen Kinder möglichst früh selbst das Schwimmen bei, ohne dass diese einen Schwimmkurs brauchten und selbst dies wurde mir von ihr eher zur Last gelegt, als daß sie meine Leistung anerkannte.

Nachdem Jens geboren worden war, plante Leo dann

einen zweiten Maststall im Bereich der Biogasanlage, die die Abwärme für den Maststall liefern sollte. Ich hatte wieder ein Jahr die polnischen Arbeiter im Haus und mußte wieder für ungefähr 15 Leute täglich kochen. Dies war alle sehr anstrengend und forderte mich körperlich wie seelisch. Auch die Enkelkinder wurden tagtäglich immer wieder zu mir in den Mühlen - und Hofbereich von Berta`s Haus gleich nebenan zu mir herübergeschickt und meine eigenen Kinder gab ich am Vormittag in den Kindergarten ab und die anderen kleinen Enkel, die ja mit den Jahren auf insgesamt 17 Enkelkinder von 7 Kindern bei den Schwiegereltern angewachsen waren und die noch nicht das Kindergartenalter von 3 Jahren erreicht hatten, hatte ich jeden Tag tapfer auch zu ertragen.

Es war die emotionale Ausnutzung meiner Person und allmählich wuchs auch der Groll gegen die Schwiegermutter, die nur mir das alles zumutete und die anderen Schwiegertöchter dadurch entlastete, besonders Fiona. Denn das Kind von Fiona und Friedrich, die kleine Elisabeth wuchs 10 Jahre lang bei der Schwiegermutter im Haushalt mit auf, damit Fiona ihr Studium fertig studieren konnte und die Freiheit hatte, zu lernen. Allerdings nahm Fiona sich nicht nur die Freiheit zu lernen, sondern auch andere Männer kennenzulernen, denn Friedrich und sie lebten angeblich getrennt voneinander. So waren in dem Garten von Friedrich öfter andere Männer gesichtet worden, von denen man annahm, daß sie die neuen Liebhaber von Fiona seien. Außerdem fragte Fiona immer nach unserem Betriebsfahrzeug, das Leo ihr vollgetankt für ihre Fahrten zum Studium überließ und zwar kostenfrei, weil sie ja eh kein Geld besaß. Auch um Honig und Quark bettelte sie und auch Eier brauchte sie ständig – immer ohne daß sie dafür was bezahlte. Sie nutzte die Situation immer für sich aus. Auch Resi kam ab und zu vorbei und eines Tages stand sie wieder mal vor der Haustüre. Ich dachte, was würde sie schon wieder von mir wollen und sie sagte diesen einen Satz, den ich nicht mehr aus meinem Kopf bekam und der tatsächlich auch den Nagel auf den Kopf traf: „Iris, das ist doch alles ganz einfach: die Kinder geben wir bei der Oma ab und dann sind sie bei dir!“ Ihr Tonfall triefte vor lauter Hohn und Spott. Da beschloss ich, daß sich was ändern mußte. Ich hatte immer Stress, jeden Tag die ganzen Enkel, die abgegeben wurden am Hof und Resi lachte mich deswegen auch noch aus und verspottete mich deshalb.

Am Abend erzählte ich dies Leo, der mir nicht glaubte, daß Resi das so gesagt hatte. Er hielt große Stücke von ihr, aber was war mit mir? Hatte ich nicht schon den ganzen Stress, daß ich all den Lärm, das Geschrei der Kinder und noch dazu die Verantwortung trug, falls ein Unfall passieren würde? Konnte Leo mich denn überhaupt verstehen? Er war ja den ganzen Tag außerhalb beschäftigt und bekam das gar nicht mit, aber mir reichten meine eigenen

Kinder, für die ich verantwortlich war. Was gingen mich die andern alle überhaupt an?
Eines Tages steckte ich einen kleinen Zaun zwischen das Grundstück des Austragshauses und unserem Grundstück, was die Schwiegermutter Berta mit Argusaugen beobachtete. Sie kam her und riss den Zaum wieder heraus, denn so was duldete sie nicht. Wutentbrannt polterte sie los: „ Da kommt kein Zaun hin, solange ich lebe! Der Hof, der ist für alle da!“ Da war mir klar, dass sie niemals eine Grenze zwischen unseren Grundstücken tolerieren würde und dass sie mich weiterhin benutzte, um all ihre Kinder und Enkel zu versorgen und zu beaufsichtigen und zwar im Hofbereich bei mir. Leo bekam solche Auseinandersetzungen ja nicht mit, aber als ich es ihm erzählte, konnte er mich überhaupt nicht verstehen. Im Gegenteil hatte ich das Gefühl, dass er eher für seine Mutter Partei ergriff. Über dieses Thema, wer sich alles im Hof tummeln durfte und wer mir ständig auf die Nerven ging, z.B. auch die Schlachterei von Emil und die Bienenzucht von Kurt, die Urlaube des Managers Erich, der seine Kinder während des Urlaubs bei uns 2 Wochen abgestellt hatte, all das ging mir gegen den Strich. Auch Kurt lud sich an den Samstag bei mir zum Essen ein mit samt seiner Frau Gerda und seinen zwei Töchtern. Was sollte ich noch alles machen und erdulden? Ich hatte auch bloß zwei Hände. Ich hatte die 15 Arbeiter am Samstag zu versorgen und dann kam

Kurt mit seiner Familie und erwartete von mir ein Komplettmenü für nochmal 4 Personen. Ab diesem Zeitpunkt verzichtete ich auf die Hilfe der Schwiegermutter, die am Samstag Mittag 1 Stunde aushalf. Das Essen hatte ich eh schon immer vorbereitet bis sie kurz vor 11 Uhr daher gewackelt kam.
Ich brauchte am Samstag nicht noch mehr Esser und sagte, dass sie bei sich drüben für ihren Besuch in Zukunft kochen soll und lud sie nie mehr zum Helfen ein, weil das noch mehr Trubel und Arbeit jedes Mal war. 4 Samstage in Folge waren Gerda und Kurt zum Essen gekommen ohne irgendeine Gegenleistung oder ein Geschenk. Mir reichte es gestrichen von dieser Verwandtschaft. Nur weil Gerda nicht kochen konnte und selber nichts zuwege brachte, wußte Kurt die geniale Lösung, sich und seine Familie zu mir zum Essen einzuladen. Sehr praktisch für die vier Familienmitglieder von Kurt, aber immer zusätzliche Arbeit für mich.
Auch Erich, der fast jedes Wochenende ohne seine Frau mit seinen zwei kleinen Kindern zu seiner Mutter von Essen herfuhr, übernachtete im Austragshaus und ließ seine Kinder in der Obhut des Schwiegervaters Pius, der neben meiner Küche in der Mühle am Samstag schrotete und dann bei enormem Lärm der Schrotanlage auch die ganze Mühle am Schluss kehrte. Außerdem streute er Rattengift aus, damit nicht allzu viele Mäuse im Korn überleben

konnten. Er sorgte auch für das Säubern der Turbinenanlage am Rechen, wo man das angeschwemmte Treibgut mit der Hand, bzw. mit dem Rechen herausfischen musste. Die kleinen Kinder nahm er da immer mit bis zum Zaun und sie durften dabei zusehen. Das war aber die gefährlichste Stelle, denn wenn da ein Kind hineinfallen sollte, würde es mit dem Sog unter die Turbine gezogen werden und hätte keine Chance zu überleben. Bei der vielen Arbeit in mehreren Stockwerken des Mühlengebäudes waren die kleinen Kinder teilweise auf sich allein gestellt ,tobten, stritten, schmissen Dinge umher und schrien oft so eindringlich, dass ich meinte, es wäre was passiert!
Nach diesen 10 Jahren bekam Fiona nochmal zwei Kinder und siehe da - sie war mit Friedrich wieder zusammen und sie heirateten sogar standesamtlich. Mir graute es vor der Zukunft, denn ich war unverhofft auch zum fünften mal schwanger. Sobald diese zwei Söhne von Fiona laufen konnten, wurden sie auch postwendend bei den Schwiegereltern abgegeben und waren wieder jeden Tag bei mir im Hofbereich – das gleiche wie bei Elisabeth, nur mit dem Unterschied, dass ich jetzt bald 5 kleine Kinder selber hatte. Nichts hatte sich geändert und die andern wollten ja auch nichts ändern, nur ich! Ich diskutierte mit Leo über die Situation mit den Kindern und stritt mit ihm sogar, weil ich nicht einsah, dass diese ständig bei mir sich aufhalten sollten. Er liebte seine

Geschwister und plante hinter meinem Rücken eine zweite Biogasanlage - viel größer als die erste und effizienter, die eventuell ein Pelletwerk mit Abwärme versorgen sollte. In der Planung waren Verträge mit Friedrich, mit seinem Cousin, der ihn als Schlosser unterstützte, mit Emil und mit einem befreundeten Installateur vorgesehen mit dem Vermerk, dass die jeweiligen Frauen vertraglich ausgeschlossen seien. Erfahren habe ich von meiner alten Freundin Helene, deren Mann dieser Installateur war. Leo selbst war so verbissen und setzte mich vor vollendete Tatsachen, kurz nachdem ich erfuhr, dass ich jetzt bald Mutter eines Mädchens werden würde, Da ich schon 34 Jahre inzwischen zählte, musste ich spezielle Vorsorgeuntersuchungen machen, in denen auch das Geschlecht des Kindes sicher bestimmt werden konnte und ich in der Ultraschalluntersuchung die Hände und Füße meines kleinen Mädchens überdimensional groß erkennen konnte. Es war ein tolles Erlebnis, gleichzeitig graute es mir vor der Zukunft. Ich sah schon vor meinem geistigen Auge, die viele Arbeit des Kochens und Wäschewaschens für die Polen, wie die Kinder der anderen ständig jeden Tag im Hofbereich und in der Mühle herumsprangen und schrien.
Etwas musste sich ändern, sonst hielt ich es hier nicht mehr lange aus. Doch wie konnte ich irgendetwas ändern? Leo sah dies nicht ein und stand nicht hinter mir, also musste ich selber was unternehmen , nur

was und wie?
Da kam mir eine Idee: Ich könnte einen Anwalt aufsuchen und ihn bitten, einen Brief an alle Geschwister, die Kinder hatten, zu schreiben, damit ich die Verantwortung ablegen könnte, falls etwas mit den Kindern passieren sollte. Ja, so könnte es klappen, dachte ich. Das war mein Rettungsanker. Auf Leo konnte und wollte ich mich nicht stützen, denn dieser half mir dabei nicht. Deshalb suchte ich sobald als möglich einen Anwalt auf, ließ den besagten Brief aufsetzen. Dieser warnte mich noch, dass dieser Brief Folgen haben würde, doch es sollte sich ja was ändern, also ließ ich diesen versenden und die Reaktion auf meinen Brief blieb nicht lange aus. Die Geschwister riefen bei uns an und beschimpften mich, daß das von mir nicht richtig sei und stürzten sich wie die Geier auf die Beute!
Da ich in dieser Zeit meiner Schwangerschaft wieder vermehrt Wasser vor allem in den Armen eingelagert hatte und der harten Küchenarbeit ein Carpaltunnel - Syndrom entwickelt hatte, wo der Nervenstrang der Hand in der Mitte verwachsen war, mußte dieser in einer ambulanten OP freigelegt werden, ohne Narkose und mit dem Kind in meinem Bauch liegend auf einer Pritsche. Es war schrecklich: die Operation an sich und auch das Gefühl danach, weil ich die nächsten 4 bis 6 Wochen nichts mehr handwerklich tun konnte - weder kochen, noch schreiben. Meine Hand wurde bandagiert und ich fühlte mich nutzlos, wertlos.

Hinzu kam noch die Reaktion von Leo, der mir größte Vorwürfe machte, daß ich diesen Brief an seine Geschwister geschrieben hatte und überhaupt nicht an die jahrelange emotionale Ausnutzung meiner Nerven und an mich dachte. In diesem Moment sah er sein geplantes Projekt gefährdet, an dem er seine Geschwister beteiligen wollte , mich dagegen vertraglich ausschließen wollte. Dies war für mich der Grund an seiner Loyalität und seiner Liebe mir gegenüber zu zweifeln und ich dachte bei mir: „ Wieso sieht er mich nicht mehr? Warum merkt er nicht, daß es mir so schlecht geht? Warum bevorzugt er seine Geschwister als Geschäftspartner und nicht mich? Große Zweifel an seiner Liebe zu mir keimten auf und als letzten Ausweg zogen wir eine Eheberaterin hinzu - wie von Friedrich vorgeschlagen - die aber auch nur feststellen konnte, daß Leo sich in der Mitte seiner Geschwistern und Eltern, sprich Großfamilie, sich gefühlsmäßig einordnete und ich mit meinen Kindern allein dastand. Mir war klar, daß ich ohne Rückhalt meines Mannes nicht weitermachen konnte uns daß unsere Ehe faktisch am Ende war. Nur meine Kinder standen noch zwischen uns. Ohne Rückhalt von meinem Ehemann, der - autoritär erzogen - nie gelernt hatte, ein Wort gegen seine Eltern zu richten und der seine Geschwister mehr liebte als mich mit meinen Kindern, war unsere ehe sinnlos geworden. Was sollte ich jetzt machen? Ich war völlig ratlos.

Lange Zeit hatte ich das Gefühl verdrängt, daß Leo mich gar nicht mehr liebte. Am Schluß stritten wir nicht mal mehr über die Ungerechtigkeiten, denn Leo hatte nur Partei für seine Großfamilie ergriffen. Jeder Funke Liebe zwischen uns, war im Keim erstickt worden.

36. Urlaub in Kreta

Es war an einem nebligen Tag im November, als draußen schon der dritte Monat voller Nebelschwaden dicht am Haus den Ausblick in die Natur verschleierte. Mir fiel die Decke auf den Kopf, die Kinder lärmten im Haus und der kleine Jens wollte schon wieder gewickelt werden. Wie schön wäre es, jetzt einen Sonnenstrahl zu sehen? Es war Samstag und heute Abend mußten noch alle Kinder gebadet werden, denn morgen sollten sie sauber in die heilige Messe um 9 Uhr gehen.
Ich putze noch die Waschküche sauber und richtete die Brotzeit für die Kinder. Auch Leo wollte bis circa 18 Uhr zuhause sein. Er war im Wald beim Bäume fällen gewesen mit seinem Vater Pius und dem Xaver, dem stämmigen, alten Helfer. Wahrscheinlich kam auch noch Xaver zur Brotzeit nach getaner Arbeit. Pius würde wohl gleich ins Austragshaus gehen, damit er sich gleich duschen konnte.
Nach der Brotzeit verlief alles planmäßig und ich badete die Kinder, die sich mit Leo in unserer großen Badewanne tummelten. Ich nahm nach dem Bad einen nach dem anderen heraus , trocknete die Kinder ab und kleidete sie in ihre Schlafanzüge. Danach durften sie mit uns noch im Wohnzimmer fern sehen, das ich vorher mit Holz warm eingeheizt hatte.
Da fragte ich Leo, daß ich gerne einmal in den Urlaub

weg fliegen würde. Unsere Schulden bei den Geschwistern hatten wir abbezahlt, also wäre ein Urlaub möglich, dachte ich. Er sagte,daß er dafür wohl keine Zeit haben werde und ich mit jemand anderem fliegen solle. Da dachte ich an meine Schwester Paula.

Der Dezember blieb immer noch sehr neblig und einmal machten mein Mann und ich mit den Kindern einen Ausflug ins Allgäu, wo die Sonne schien und wir mit den Kindern rodelten und versuchten den größeren Skifahren beizubringen. Leo klemmte sich Georg zwischen die Beine beim Skifahren und so lernte Georg sich sicher zu bewegen mit seinen kleinen Skiern. Dann kam Weihnachten, die besinnliche Zeit und die Zeit der Liebe.

Am offenen Kamin im altdeutschen Zimmer breitete ich ein Schaffell nach der Bescherung aus und als die Kinder glücklich und zufrieden im Bett schliefen, liebten Leo und ich uns vor dem prassenden Feuer ein letztes Mal. Die Kugeln am Weihnachtsbaum glitzerten im Widerschein des Feuers und kurz nachdem wir uns geliebt hatten, läuteten Emil und Resi nach der heiligen Messe, weil sie in der Mitternachtsmesse gewesen waren. Wir zogen schnell unsere Kleidungsstück über und machten den Besuchern auf. Ich dachte: „ Das darf ja nicht wahr sein! Nicht mal an Weihnachten ist Ruhe!“

Wie ich diese Verwandtschaft gestrichen satt hatte! Zudem verdreckte jeden Samstag Emil meine frisch

geputzte Waschküche mit dem Abwiegen von seinen Gewürzen, die er noch in meiner Waschküche gelagert hatte. Natürlich brachte er dann auch noch seine Kinder zum Spielen mit. Ich hatte dann das Problem, dass meine Kinder dann auch hinaus ins Freie wollten, ich aber im Haus ja noch genügend Arbeit zu erledigen hatte.
Einmal bekam ich sogar von Georg zu hören, daß er es von mir gemein fand, daß ich ihn nicht hinaus ließ, um mit dem Sohn von Emil spielen zu können. Wenn ich ihn hinausgelassen hätte, hätten die anderen auch hinaus gewollt, das war mein Problem und ich mußte ja mit der Hausarbeit im Haus am Samstag fertig werden.
Für April plante ich meine Reise mit meiner Schwester nach Kreta und wie sich herausstellte, war ich zu dieser Zeit kurz nach Weihnachten wieder überraschend schwanger. Ich ging zur Frauenärztin, die mir die Schwangerschaft bestätigte und mich nach Ulm zur weiteren Untersuchung schickte, weil ich schon 34 war und ab 35 Jahren schon die Risikoschwangerschaften begannen. Durch die Ultraschall - Untersuchung erfuhr ich, daß ich zum ersten Mal ein Mädchen gebären würde. Auf der einen Seite freute ich mich sehr, auf der anderen Seite keimte in mir das Gefühl, allein und verloren zu sein, weil sich Leo gefühlsmäßig immer mehr von mir distanziert hatte. Zunächst verdrängte ich diese Gedanken, doch im April in Kreta machte ich eine

seltsame Erfahrung.
Meine Schwester und ich machten einen Spaziergang vom Hotel in die Altstadt, wo die Leute recht fröhlich waren und das Osterfest wie Silvester mit Böllern feierten. In dieser Nacht begegnete mir ein stämmiger, blonder Mann,der mich in den Arm nahm. Sein Herz pochte wie wild und er flüsterte mir ins Ohr: „You are my angel", was soviel heißt wie: „Du bist mein Engel!".
Ich war dermaßen berührt von seinen Worten und seinem Verhalten, weil ich so eine innige Umarmung und solche schönen Worte schon so lange bei meinem eigenen Mann nicht mehr gehört hatte und das meine Gefühlswelt total durcheinander gebracht hatte. Ich fühlte mich wieder als Frau. Dieses Gefühl war schon längst in unserer Ehe verlorengegangen. Damals rannte ich unter Tränen weg von dem blonden Mann zum Hotel. Meine Schwester fragte mich später, was denn los gewesen sei. Ich konnte es ihr damals nicht erklären.
Viel später erinnerte ich mich an den stürmischen Griechen mit den lieben Worten und dachte bei mir:" Wäre ich damals nur geblieben!" Noch lange Zeit danach sehnte ich mich nach dieser Zärtlichkeit und Geborgenheit, die mir diese Umarmung vermittelt hatte und die ich bei Leo schon so lange vermisste. Dieser war schon längst mit den Plänen der zweiten Biogasanlage mit der Verwandtschaft verstrickt, die hinter meinem Rücken bei der Schwiegermutter Berta

im Austragshaus im Sommer des Vorjahres bereits beschlossen worden war.

37. Das Ende der Ehe

Ich gebar Sabine dann Ende des Monats September, drei Jahre nachdem ich Jens auf die Welt gebracht hatte. Sie war ein süßes kleines Mädchen, hatte einen zarten Flaum auf dem Kopf und weil ich in dieser Verwandtschaft durch diesen Brief sämtliche Pluspunkte verscherzt hatte, besuchte mich von der Verwandtschaft von Leo niemand im Krankenhaus nach meiner Entbindung. Sie boykottierten mich und ignorierten meine Person. Da es in der Ehe mit Leo nicht zum Besten stand, wurde ich nach 3 Monaten von meiner besorgten Mutter zur Klinik in die Psychiatrie gefahren, die meinte, daß das das Beste sei und ich nur so aus dieser Situation herauskomme. Was sie nicht wußte, war die Tatsache, falls die Schwiegereltern von meiner psychischen Erkrankung etwas erführen, das das komplette „Aus" für mich und meine Ehe bedeuten würde und ich niemals wieder auf dem Hof akzeptiert würde. Deshalb war es für mich klar, daß das das Ende unserer Ehe bedeutete und ich erkundigte mich nach eine Scheidungsanwältin.

Drei Monate war ich in der Klinik und in dieser Zeit wurde mir immer bewusster, daß ich nicht mehr auf den Hof zu Leo zurückkehren wollte. Meine kleine Tochter wurde von der damals eingestellten Haushälterin betreut.

Meine kleine Sabine konnte ab diesem Zeitpunkt

nicht mehr von mir gestillt werden und bekam eine Lungenentzündung. Sie mußte verstärkt Antibiotika einnehmen. Sogar der Kinderarzt sprach mich daraufhin an, daß das für das Kind eine Zumutung war und er froh sei, daß ich nach den drei Monaten wieder für die Kleine da sein konnte.
Aber meine Mutter, die keinen anderen Lösungsansatz wußte, sorgte schon stets dafür, daß ich mit meiner Erbkrankheit immer wieder die Betreuung in der Klinik wahrnehmen mußte. Statt einmal ein Machtwort gegen die Schwiegermutter zu sagen, bedauerte sie diese und da sie es ja allen recht machen wollte, sah sie keine andere Möglichkeit, wie mich wieder mal in die Psychiatrie abzuschieben, wenn es brenzlig wurde.
Ich war das Opfer und ich fühlte mich so allein und war von allen allein gelassen. Man schob alles auf die psychische Erkrankung als auf das Verhalten der selbstsüchtigen Schwiegermutter, die mit ihrem Verhalten unsere Ehe allmählich kaputtgemacht hatte, weil sie mich emotional ausgenutzt hatte.
Später konnte ich mich noch erinnern, wie mein Vater Leo nach rannte, weil er nicht glauben konnte, daß er sich von mir mit 5 kleinen Kindern scheiden lassen könnte. Nichts half da. Es war aus.
Am Schluss nahm ich mir von der Psychiatrie aus eine Wohnung in einer nahegelgenen Stadt, wohin ich nur das Allernotwendigste mitnahm. Nicht mal eine Waschmaschine bekam ich mit, obwohl zwei am Hof

waren.
Ich ging mit leeren Händen fort, hatte nur meine kleine Sabine bei mir. Sie war damals mein einziger Lichtblick. Die vier Jungs blieben beim Vater, bzw. bei der Haushälterin, die er einstellte und obwohl ich damals bat, den keinen Jens auch zu mir zu nehmen, verweigerte er mir das mit den Worten: „ Wenn du Jens mitnehmen willst, schmeiße ich die Prügel zwischen die Beine! Das kommt überhaupt nicht in Frage."
Nach dem Klinikaufenthalt war ich natürlich emotional geschwächt und traute mich nicht gegen ihn anzugehen. Ich wollte nur weg vom Hof und war in meiner neuen Umgebung glücklich mit meinem Baby, das ich zum ersten Mal in meinem Leben jeden Tag selber im Kinderwagen spazieren fahren konnte. Ich hatte ein kleine Wohnung im ersten Stock eines Mietshauses und mußte nochmal ganz von vorn anfangen. Das war wohl mein Schicksal, daß ich nach jeder Episode meines Lebens immer wieder bei Null anfangen mußte.
Ich hatte anfangs nur 800 D-Mark zur Verfügung, 500 D-Mark allein kostete schon die Miete meiner gemieteten Wohnung. Jeden Pfennig mußte ich umdrehen, um für mich und Sabine zu sorgen. Ich wägte sogar ab, ob ich ein Brötchen kaufen könnte oder nicht, weil ich wirklich nicht mehr Geld zur Verfügung hatte.
Die Scheidung verzögerte sich von Monat zu Monat

und auch die beiden Scheidungsanwälte ließen sich mit ihren Briefen sehr viel Zeit. Ich lebte quasi vom Kindergeld, weil das der einzige Bezug war, der auf meinen Namen lief und Leo stellte das erst nach 2 Jahren um, als er vom Jugendamt einen Bescheid bekam.
Eine Waschmaschine bekam ich von meiner Tante Linda geschenkt und Möbel hatte ich für mich und Sabine notdürftig zusammengestellt. Ich wollte mich außerdem dem Dorfklatsch nicht aussetzen.Regelmäßig fuhr ich am Anfang das erste dreiviertel Jahr nach der Trennung immer zur Betreuung der Hausaufgaben meiner Kindern zum Hof bis zu dem Zeitpunkt, als Leo mir mitteilte, daß er das nicht mehr wollte.
Es brach für mich eine Welt zusammen, meine Kinder nicht mehr jeden Tag um mich zu haben und sie in der Obhut einer wildfremden Haushälterin zurücklassen zu müssen. Wie konnte Leo das mir nur antun? Hatte er kein Herz im Leib?
Ich verfluchte die Schwiegermutter, durch deren Verhalten alles so gekommen war und hörte auch Gerüchte von Bekannten, die mir zutrugen, was sie alles über mich erzählte. Sie erzählte anderen Leuten, daß ich angeblich nichts gearbeitet hätte und meine Kinder nur zum Baden spazieren gefahren hätte, was so gar nicht stimmte. Viele weitere Gerüchte drangen durch, aber ich wollte mit dieser Verwandtschaft ein für allemal abschließen und nur meine Ruhe haben.

Sehr lange Zeit verkraftete ich den Schock der Trennung von meinen Kindern nicht und manchmal hatte ich das Gefühl, daß ich sie für immer verloren hätte. Ich war innerlich tot, wie betäubt, daß ich sie nicht mehr oft sehen konnte und es war die schlimmste Zeit in meinem Leben.
So endete meine Ehe und mein Martyrium am Hof, ein Schicksal, das mein ganzes Leben veränderte. Meine drei Monate alte Tocher Sabine war damals mein einziger Lichtblick.